L'ESPRIT FRANÇAIS

CONTES, FANTAISIES, POÉSIES, THÉATRE DE

Maurice DONNAY

de l'Académie Française

Illustrations d'Albert GUILLAUME *et Lucien* MÉTIVET

Portrait de L. Cappiello

PARIS
SOCIÉTÉ D'ÉDITION ET DE PUBLICATIONS
(Librairie FÉLIX JUVEN)

A Roubille

L'ESPRIT FRANÇAIS

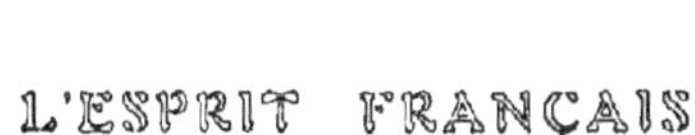

L'ESPRIT FRANÇAIS

MAURICE DONNAY

de l'Académie Française

ILLUSTRATIONS DE

Albert Guillaume et *Lucien Métivet*

PARIS
SOCIÉTÉ D'ÉDITION ET DE PUBLICATIONS
(Librairie Félix JUVEN)
13, rue de l'Odéon, 13

ÉDUCATION DE PRINCE

I. — Le Tapage

Avenue Wagram. Un petit hôtel trop grand pour ce qui reste de fortune à ceux qui l'habitent. Dans les pièces, pas beaucoup de meubles dont quelques-uns anciens, historiques et « de collection »; les autres sur le mode banal et très dans le commerce.

Dix heures du matin. Le jeune prince Alexandre de Styrie attend son nouveau professeur. Cabinet de travail plutôt sévère. Aux murs, des panoplies d'armes balkaniques, des selles, des tabliers serbes, des guzlas et un mauvais portrait du bon roi de Styrie, Nicolas, mort en exil sur la terre de France. Tout jeune, dix-huit ans, petite moustache brune, cheveux luisants, presque bleus, teint mat, yeux clairs, l'air mélancolique et félin, le jeune prince dans son allure souple et lasse symbolise assez bien une fin de race. Il est en train de lire *Le Cardinal de Richelieu*, un gros volume très documenté et très sérieux, lorsque la porte s'ouvre et un domestique introduit le nouveau professeur, René Cercleux. Ce dernier blond, mince, correct, l'air d'un officier en clubman, s'assied en face du prince, dans le fauteuil que celui-ci lui désigne.

CERCLEUX. — Je ne suis pas en retard, monseigneur?... Pour la première fois, j'avais peur.

ALEXANDRE. — Vous êtes, au contraire, très exact, monsieur. Ma mère m'a prié de l'excuser auprès de vous. Elle aurait vivement désiré assister à votre première leçon, mais elle est un peu souffrante ce matin.

CERCLEUX. — Sa Majesté n'a rien de grave, j'espère?

ALEXANDRE. — C'est une migraine, ma mère y est très sujette.

CERCLEUX. — Vous étiez en train de lire, monseigneur, lorsque je suis entré.

ALEXANDRE. — Oui, une étude sur le cardinal de Richelieu.

CERCLEUX. — Très bon ouvrage... Ce genre de lecture vous intéresse?

ALEXANDRE. — Beaucoup... j'aime les livres d'histoire et surtout ceux consacrés aux grands hommes...

CERCLEUX. — La patrie reconnaissante.

ALEXANDRE. — Comment?

CERCLEUX. — Rien.

ALEXANDRE. — Je cherche des leçons pour l'avenir et j'étudie la façon de me faire chérir de mes sujets.

CERCLEUX. — Mon Dieu, monseigneur, il est évident que c'est là de fort beaux projets et de sérieuses occupations, mais je crois que vous faites fausse route. Vous avez dix-huit ans, vous avez fait vos études au lycée Gambetta, éducation excellente pour un prince. Vous êtes bachelier ès lettres et ès sciences, chose commune chez nos fils d'épiciers, mais plus rare pour un prétendant au trône de Styrie. Tout cela est très bien... mais, à présent, c'est fini de rire. Vous arrivez dans le monde avec deux bachots qui ne vous aideront pas à passer le fleuve de la vie. Il vous reste à apprendre la vie, monseigneur, et, pour commencer, la reine, votre mère, m'a chargé de vous dire la vérité que l'on doit aux princes. Je ne vous cacherai donc pas plus longtemps qu'il est plus que probable que vous ne monterez jamais sur le trône de Styrie... Je vous afflige, monseigneur?

ALEXANDRE, *un peu pâle.* — Vous venez de me porter un rude coup.

CERCLEUX. — Il le fallait. Est-ce que vous y comptiez vraiment?

ALEXANDRE. — Sur quoi?

CERCLEUX. — Sur votre trône?

ALEXANDRE. — C'était le but de ma vie. Voulez-vous donc dire que je doive renoncer à mon titre de prétendant?

CERCLEUX. — Ne faites jamais cela, monseigneur. Il faut un titre dans ce monde : prétendez toujours, prétendez le plus que vous pourrez, mais sans espoir.

ALEXANDRE. — Ce n'est pas drôle.

CERCLEUX. — On s'y fait. Il y en a plus de sept en Europe, sans compter la France, qui sont dans votre cas. Prenez exemple sur vos petits camarades : ils n'en meurent pas, ils en vivent, au contraire. Vous êtes comme ces auteurs qui ont toute leur vie l'œuvre définitive en préparation. Donc, gardez votre titre. Maintenant j'aborde une autre question.

ALEXANDRE. — Ah ! monsieur, qu'allez-vous encore me dire? J'ai peur... vous arrachez les illusions comme des dents.

CERCLEUX. — Hélas ! monseigneur, si je pouvais vous endormir ! *(Avec un sourire.)* Ça viendra peut-être. Le roi Nicolas, votre père, était le modèle des monarques, son peuple l'a renversé si bien qu'on a pu dire de lui que c'était un modèle déposé. *(Voyant que le prince ne sourit même pas.)* Oh ! mon Dieu, je ne dis pas que ça soit irrésistible. Il a dépensé dans l'exil presque tout ce qu'il avait pu économiser pendant son règne sur une assez maigre liste civile, en sorte que, dans l'avenir, vous serez à la tête d'une fortune très médiocre, et, pour le moment, vous disposez d'une pension fort mince.

ALEXANDRE. — Maman me donne quinze louis par mois, ce n'est pas bezef.

CERCLEUX. — Non, ce n'est pas bezef. C'est ce que le petit Compotier dépense pour ses bretelles. Il s'agit pourtant, et telle est la volonté de la reine, votre mère, il s'agit que vous teniez, malgré cette plus que modeste pension, un rang honorable dans la société parisienne, afin de vous caser convenablement, car voici le problème qui se présente : étant donné un prince, lui faire faire un mariage princier, ce qui serait la chose du monde la plus aisée si votre père, au lieu d'être pasteur de peuples, avait été simplement dans les pâtes alimentaires. Pour faire un tel mariage, il faut moins être que paraître, et paraître exige des conditions d'existence et de tenue que vous ne pouvez remplir qu'avec de l'argent. Or, vous n'en avez pas; comment vous en procurer d'une façon admise? C'est ce qui fera l'objet de la première leçon. Je n'ai pas l'intention de vous faire un cours, mais ce sera, si vous le voulez bien, d'aimables causeries, tantôt ici, tantôt dans le monde, d'autres fois dans le demi, au Bois, au théâtre, un peu partout... je tâcherai à causer de chaque chose en son milieu. Aujourd'hui seulement, et comme le sujet est un peu ardu, je vous prierai de prendre quelques notes. Ecrivez donc, s'il vous plaît : Première leçon : Du Tapage.

ALEXANDRE, *un peu étonné.*—Comment dites-vous ?

CERCLEUX. — Je dis Tapage. Ne connaissez-vous pas ce mot ?

ALEXANDRE. — Certes, cela veut dire train, bruit; les synonymes sont boucan, chahut, brouhaha, hourvari ; on dit aussi faire du raffut, du ressaut, du schproum !

CERCLEUX.—Oui, oui, je sais, dans la flotte... mais ce n'est pas dans ce sens-là que nous le prendrons. Écrivez, s'il vous plaît, une petite définition : vous y êtes ?

ALEXANDRE. — Parfaitement.

CERCLEUX. — Le Tapage est l'action d'emprunter une somme d'argent avec l'intention ferme et *raisonnée*, soulignez raisonnée, de ne pas la rendre. Comprenez-vous?

ALEXANDRE, *rougissant et un peu hésitant.* — Sans doute, mais n'est-ce pas une sorte de vol?

CERCLEUX. — Ne dites jamais cela, monseigneur... voilà un bruit qu'il ne faut pas faire courir.

ALEXANDRE. — Pourtant...

CERCLEUX. — Cette définition est peut-être un peu brutale... surtout pour commencer. En voulez-vous une autre qui choque moins vos idées?

ALEXANDRE. — Avez-vous donc plusieurs définitions d'une même chose?

CERCLEUX. — Des définitions, monseigneur, j'en aurai tant que vous voudrez et jusqu'à ce que j'en aie trouvé une qui flatte votre conscience. Aimez-vous mieux celle-ci, par exemple? Le tapage est un impôt prélevé par ceux qui n'ont rien ou pas assez sur ceux qui ont beaucoup trop.

ALEXANDRE. — Cela satisfait mieux les idées de justice.

CERCLEUX. — C'est la justice immanente des choses elle-même ! J'ai, d'ailleurs, consigné plusieurs observations d'expérience dans un petit ouvrage que j'appelle : *Manuel du parfait tapeur,* et qui doit paraître prochainement chez Rothschild avec des dessins de Forain.

Je vous demanderai la permission de vous en lire les bonnes feuilles.

ALEXANDRE. — Je vous en supplie.

CERCLEUX. — Et d'abord que doit être le Tapeur? j'entends le Tapeur type, le Tapeur avec un grand T. Le Tapeur doit avoir un beau nom, bien porté par ses ascendants, ce qui lui facilite des relations. Il doit être toujours très correct, plutôt mis avec recherche afin d'inspirer confiance et de plus aisément faire des dupes; pour la même raison, faire partie d'un cercle coté. Il est évident qu'être du Franco-Rasta ou des Pieds-Nickelés ne serait pas une recommandation. Il doit être parfaitement au courant de la vie privée, des liaisons, des scandales, des infamies, des vices secrets, des passions honteuses des gens auxquels il peut s'adresser. Il doit connaître tous les cadavres, car autant le Tapeur doit inspirer confiance par ses exquises relations et la correction de sa tenue, autant il doit inspirer défiance par sa science parfaite du potin et son adresse à faire des mots cruels.

Alexandre. — Mais en supposant qu'on sache tout ce que vous dites, il faut encore avoir de l'esprit et tout le monde ne peut pas faire des mots cruels.

Cercleux. — Cela n'a aucun rapport avec l'esprit. Il est aussi facile d'être cruel que bienveillant, et l'amabilité et la rosserie sont à égale distance de la vérité; mais tandis que pour être aimable il faut atténuer ce qu'on pense réellement pour être rosse on n'a qu'à l'exacerber. C'est une affaire d'habitude, d'entraînement si vous aimez mieux. Je continue. Le Tapeur doit être de première habileté à l'épée et au pistolet, afin d'être en état de répondre à toute allusion ou réclamation et même au besoin de la provoquer. En un mot il doit être une force, c'est-à-dire être redoutable. Mais toutes ces qualités de lutte, d'attaque et de défense, il ne les développera que vis-à-vis de certaines personnes qui forment la classe, assez restreinte d'ailleurs, des tapables ou gens susceptibles d'être tapés. Avec tout le reste de la Société, il devra se montrer aimable et bon, séduisant dans le monde, généreux dans le demi, charitable et obligeant avec les humbles, sans familiarité toutefois, de façon à s'attirer, quoi qu'il fasse à la minorité, les sympathies de la majorité et à mettre toujours les rieurs de son côté. Tel fut Gaston Bayard, type bien parisien, et qui, fils d'un petit marchand de bois, mena la vie à grandes guides, et mérita d'être surnommé le Chevalier tapeur et sans reproche.

Alexandre, *riant aux éclats.* — Ah ! ah ! ah !

Cercleux. — Qu'avez-vous, monseigneur ?

Alexandre. — J'ai compris.

Cercleux. — Tant mieux ! tant mieux. Vous ne vous ennuyez pas, vous n'êtes pas fatigué?

Alexandre. — Au contraire, tout cela m'intéresse au plus haut point.

Cercleux. — C'est une étude très attachante...

Alexandre. — Tout un art !

Cercleux. — Et même une science, une véritable science. A présent que nous avons défini ce que doit être le Tapeur...

Alexandre. — Avec un grand T...

Cercleux. — Toujours... il convient de définir ce que doivent être les tapés... Ces derniers devront toujours pouvoir être pris par les sentiments, les mauvais bien entendu : la vanité, la crainte ou l'intérêt. En aucun cas, il ne faut compter sur la générosité naturelle ou l'obligeance des gens, encore moins sur leur reconnaissance, si on leur a auparavant rendu quelque service. Il y a des exceptions cependant. Voici un principe absolu et sur lequel je ne saurais trop attirer votre attention : il ne faut jamais accepter d'une femme le moindre secours d'argent, alors même que vous l'adoreriez et qu'elle vous aimerait bien... Vous êtes joli garçon, monseigneur, quelques-unes pourraient vous tenter et vous en offrir...

Alexandre. — Braves créatures.

Cercleux. — Soyez inflexible, car les femmes qui sont sincères et admirables dans ces moments-là deviennent injustes et vipérines à l'heure inéluctable des ruptures et vous reprochent ces sortes de services en des termes qui le plus souvent manquent de noblesse, et même lorsqu'elles ne vous les ont pas rendus !

Alexandre. — Pourtant, si comme vous le prétendez, mon but dans la vie est de faire un beau mariage, il me semble qu'épouser une femme riche, alors que soi-même on n'a pas le sou, c'est en somme recevoir d'elle un secours d'argent.

CERCLEUX. — Voilà encore un bruit qu'il ne faut pas faire courir, monseigneur, ce serait discréditer la belle institution du mariage sur laquelle repose la famille et par conséquent la patrie. *(Il fredonne l'air national styrien.)*

ALEXANDRE. — Excusez-moi : je ne voyais pas si loin.

CERCLEUX. — Non, non, lorsque pauvre vous épousez une jeune fille qui a un sac, dites-vous bien, pour chloroformer vos scrupules, que ce sac lui vient avant tout de ses

parents et que, par conséquent, c'est les parents que vous tapez de ce sac, tapage auquel le père et la mère mettent d'ailleurs cette condition expresse que vous couchiez avec leur « demoiselle ».

ALEXANDRE. — A ce compte-là, je me vends... c'est odieux ou ridicule.

CERCLEUX. — Évitez donc d'employer ces mots immédiats et définitifs. D'abord, ces sortes de sacs-là ne sont jamais des ridicules; ensuite si la « personne » est exquise et désirable, ne pouvez-vous pas être sincèrement épris? Un grand amour, une passion véritable ne purifient-ils pas tout?

ALEXANDRE. — Sans doute, mais dans le cas opposé?

CERCLEUX. — J'y arrive... Si la personne, au contraire, a le genou engoncé, le ventre concave, les seins piriformes, l'œil pauvre, le cheveu triste et la dent terne, si, en un mot, elle n'est pas très jolie, n'est-il pas naturel que vous soyez dédommagé par la fortune de cette infortunée de votre dévouement à lui faire connaître des ravissements qui vous inspireraient plutôt de la répugnance?

ALEXANDRE. — Cela me paraît assez juste.

CERCLEUX. — Vous voyez bien, monseigneur, vous y venez. Je vous le dis, c'est mathématique. Donc, et pour nous résumer, retenez bien ce principe absolu : En dehors du mariage, il ne faut jamais taper une femme, même avec une fleur. Je vous ai dit tout à l'heure qu'il fallait prendre les gens par les sentiments, — la vanité par exemple, — ce qui peut se formuler ainsi : il faut toujours taper un plus petit que soi.

ALEXANDRE. — Comment?... je ne comprends pas.

CERCLEUX. — Plus petit, non pas par la fortune, ce qui n'aurait pas de sens, mais par le rang, l'éducation, la naissance. C'est ainsi que l'on a vu des ducs et même des princes héritiers taper de simples barons d'une religion différente de la leur. Ces derniers se paient en donnant familièrement le bras dans la rue à leurs obligés, en les ayant à leur table en des dîners où ils déploient un luxe insolent qui allège d'autant le fardeau de la reconnaissance.

ALEXANDRE. — Je ne pourrais pas dîner avec un homme auquel je devrais de l'argent dans ces conditions-là... Il me semble que cela se verrait sur mon visage.

CERCLEUX. — Oui... et vous auriez le plus grand tort; d'abord, ce n'est pas sur votre visage que cela se verrait, c'est plutôt sur le sien, et puis il faut toujours être très crâne avec les gens que l'on a tapés, ne pas les fuir, ni les éviter; lorsqu'on les rencontre il ne faut pas passer sur l'autre trottoir, mais au contraire marcher vers eux la main tendue...

ALEXANDRE. — Encore !...

CERCLEUX, *souriant.* — Oui, encore... et le visage largement épanoui; de même accepter d'aller au théâtre avec eux, enfin ne pas les lâcher et même, si leur femme n'est pas trop repoussante, devenir son amant. De cette façon, vous entrez dans leur intimité, vous les chambrez et vous écartez les gêneurs et les parasites, dangereux rivaux, car le Tapeur doit être un solitaire, l'association ne vaut rien. Toutes les sociétés qui se sont formées dans ce but ont misérablement échoué. Ainsi, dernièrement, quelques jeunes gens qui avaient beaucoup lu Gustave Aymard et Fenimore Cooper ont organisé une bande et se sont intitulés prétentieusement les Tapeurs de l'Arkansas... Ils n'ont pas fait un sou. Sous l'Empire...

ALEXANDRE. — Lequel?

CERCLEUX. — Le second... il y avait aussi les Tapeurs de la Garde... ils ont assez bien marché, mais c'était une époque de corruption... vous êtes trop jeune pour avoir connu ça. Il faut donc être seul, se conduire dans la vie avec la prudence du serpent et l'œil du faucon et taper son frère pâle avec le rire silencieux de Bas-de-Cuir.

ALEXANDRE. — Enfin, on ne doit compter que sur soi-même.

CERCLEUX. — Précisément... Jack l'Éventreur était seul.

ALEXANDRE, *frissonnant.* — Brrrrr !

CERCLEUX. — Vous avez froid, monseigneur?

ALEXANDRE. — Oui, dans le dos, un peu.

CERCLEUX. — On peut faire fermer la fenêtre.

ALEXANDRE. — Oh ! ce n'est pas la fenêtre, c'est ce que vous dites.

CERCLEUX. — Parce que je vous ai parlé de Jack l'Éventreur? mais c'était mon devoir, et cela nous amène à ceci : il faut taper comme on assassine, c'est-à-dire aller jusqu'au bout : être bien décidé, n'écouter aucun raisonnement, terrifier la victime qui est alors forcée de s'exécuter. Il est puéril de taper par correspondance, par la même raison que lorsqu'on en veut à quelqu'un on ne lui envoie pas une balle ou un coup de couteau dans une lettre. Donc, n'écrivez jamais, c'est quelquefois dangereux et toujours inutile. Mais il est bientôt midi, nous en resterons là aujourd'hui, d'autant plus que je ne veux pas vous fatiguer et vous surcharger la mémoire.

ALEXANDRE. — Je ne suis pas fatigué du tout et j'ai passé deux heures délicieuses.

CERCLEUX. — J'ai fait de mon mieux, monseigneur. Est-ce à dire que vous saurez taper demain ou dans un mois? Non, je n'ai pas cette prétention, ce serait trop beau ! Mais vous avez les principes, il faut qu'un jeune homme ait des principes. Ah ! j'oubliais... la reine votre mère m'a prié de vous perfectionner dans l'étude de la langue anglaise...

ALEXANDRE. — Pourquoi?... je ne serai pas dans le commerce?...

CERCLEUX. — Oui, mais vous êtes appelé, monseigneur, à connaître des jockeys, et pour peu que vous-même conduisiez un mail ou montiez en obstacles, cet idiome vous est indispensable. Je vais donc vous dicter un petit thème qui aura justement quelque rapport avec la leçon ou plutôt la causerie que je viens d'avoir l'honneur de vous faire. Écrivez, s'il vous plaît. C'est une anecdote tirée de mon petit manuel. Vous y êtes?

ALEXANDRE. — J'y suis.

CERCLEUX. *Il dicte, le prince écrit.*

TRAIT DE PRÉSENCE D'ESPRIT D'UN TAPEUR

C'est le titre.

ALEXANDRE. — Parfaitement.

CERCLEUX. *Il continue de dicter.* — « Le gros La Poussah, gentilhomme sans fortune et des plus dépensiers, avait coutume chaque matin de prendre une voiture de cercle et dans cet observatoire roulant, il cherchait le miché qui lui donnerait les cinq ou cinquante louis nécessaires à sa vie d'une journée. »

ALEXANDRE. — Comment dit-on miché en anglais? ce n'est pas dans le dictionnaire.

CERCLEUX. — Vous mettrez *Prince of Wales*. Je continue : « Dans une de ces promenades, et comme sa voiture s'arrêtait devant le cercle de la Rotonde, il vit stationner devant la porte cochère un de ses amis, ancien bookmaker, auquel il devait cinq mille francs et qui évidemment l'attendait. Éviter le fâcheux n'était pas chose facile. La Poussah descend de voiture et entre résolument dans la maison, immédiatement suivi du bookmaker. Arrivé devant l'ascenseur (le cercle était au troisième étage) il s'efface avec la plus exquise courtoisie et dit à son créancier : « Après vous, monsieur. » L'autre obéit, pensant qu'on va s'expliquer, mais à peine est-il entré dans l'ascenseur que La Poussah en referme vivement la porte, et froidement, d'un coup de levier, il l'envoie au troisième étage. Puis il remonta dans sa voiture et évita ainsi le fâcheux. » Voilà. Vous me remettrez ce thème-là la prochaine fois que je vous verrai, c'est-à-dire après-demain. Au revoir, monseigneur, il me reste à vous remercier de votre bienveillante attention.

ALEXANDRE. — Mais comment donc, c'est moi au contraire qui...

Saluts. Poignées de mains. Reconduite à la porte.

CERCLEUX. — Alors c'est entendu... après-demain.

ALEXANDRE, *certain que le professeur est parti.* — Eh bien, vrai ! il est rien long, le thème qu'il m'a donné, c't'animal-là !

II. — Esthétique

Aux Grandes-Poses, une plage tout récemment lancée : deux cents mètres de galets où piétine un singulier mélange de bourgeois, d'artistes, d'israélites et de sud-américains.

Il est onze heures, et par une de ces dernières plutôt chaudes matinées du mois d'août, dans la mer verte et calme et transparente s'ébattent les baigneurs pour la plus grande joie de la galerie. Et si grand est le nombre des jolies nageuses avec, sur la tête, des foulards roses, bleus, jaunes, mauves, rouges, coquettement disposés, que la mer verte semble une prairie émaillée de ces têtes-fleurs.

Assis au bord des flots : Alexandre de Styrie; suit de flanelle blanche, chapeau de paille très plat à bord très larges, avec autour, au lieu de l'ordinaire ruban, une cravate noire à pois roses négligemment nouée.

René Cercleux; culotte courte en velours à grosses côtes, dites côtes de la Manche (dernier cri); casquette de yachtman très plate, visière exagérée.

Raymonde Percy, la première maîtresse du prince; brune avec des yeux bleus admirables et des dents éblouissantes, fausse maigre, pas bête du tout, l'âme d'une grisette qui coûterait horriblement cher : jupe cloche de drap gros bleu avec trois rangs de lacets en V, corsage et ombrelle rose Liberty, chapeau Greenaway ridicule et charmant, rose également, avec un ruban de velours noir.

CERCLEUX. — Il est vraiment très animé le bain aux Grandes-Poses.

RAYMONDE. — Trop, beaucoup trop ! ça n'a rien de drôle de voir tous ces idiots se tremper dans l'eau. *(Riant.)* Ah ! ah ! regardez donc ce grand garçon qui fait la mouillette comme une vieille dame.

CERCLEUX. — Pourquoi ne vous baignez-vous pas? Vous n'aimez pas ça?

RAYMONDE. — J'adore, au contraire.

CERCLEUX. — Alors vous êtes mal faite.

RAYMONDE. — Vous savez bien que non. Seulement ça m'ennuie de me baigner devant ce tas d'imbéciles.

ALEXANDRE, *ironique.* — Tu as peur de montrer tes jambes...

RAYMONDE. — Non, mon coco, je n'ai pas peur de montrer mes jambes... mais comme je les déploie toute l'année, ainsi que mes bras et ma gorge, enfin tout ce qu'on peut montrer au théâtre...

CERCLEUX. — Et le reste à la ville.

RAYMONDE. — Faut bien vivre... pendant les vacances, je me repose, je n'exhibe plus... je me garde tout entière pour mon fol amant. C'est comme si vous croyez que ça m'amuse de passer mes deux mois de congé à être traînée de plage en plage, de Snob-les-Bains à Vlan-sur-Mer et aux Grandes-Poses ! Dire qu'en Bretagne, mes enfants, il y a des plages qui ont une lieue de long et pas un chat, et où je me suis baignée toute nue dans une eau si claire qu'on voyait les crabes courir au fond.

CERCLEUX. — Ils ne devaient pas s'ennuyer, les crabes !...

RAYMONDE. — Ah ! oui, ça, c'était des bains... on sentait l'eau qui vous caressait partout, partout; c'était comme des lèvres fraîches qui vous auraient frôlée sur tout le corps, tandis qu'ici...

CERCLEUX. — Ah ! ici, il faut un costume, il n'y a pas, il en faut un.

RAYMONDE. — Un costume et des gants, et des bas… il y a même des femmes qui mettent un corset… c'est absurde… ce n'est pas un bain, ça… on n'est pas même mouillé… Tenez, c'est comme si on faisait l'amour avec une… vous savez ce que je veux dire.

CERCLEUX. — Parfaitement.

RAYMONDE. — Enfin, qu'est-ce que nous faisons là ?

CERCLEUX. — Nous regardons… Sacha prend une leçon d'esthétique, il faut qu'il se fasse une idée de ce que doit être une femme.

ALEXANDRE. — Mais il me semble que…

CERCLEUX. — Non, vous ne pouvez pas en avoir la moindre idée… ce n'est qu'à force d'en avoir vu, d'avoir comparé que vous pourrez vous faire une opinion personnelle.

RAYMONDE. — Sacha sait très bien ce qu'il lui faut, et je lui suffis… pas, mon trésor ?

ALEXANDRE, *faiblement.* Mais oui, ma chérie.

RAYMONDE. — Ne te force pas… je sais très bien que je ne suis pas la dernière; mais, en tout cas, je suis la première.. c'est moi qui t'ai fait connaître l'amour. D'ailleurs ce que tu vas me plaquer à la rentrée, ce n'est rien que de le dire… Oh ! je le sais bien, va, Cercleux m'a prévenue, lorsqu'il m'a dit : «Ma chère Raymonde, je vous présente le prince Alexandre de Styrie; nous allons faire le littoral, et nous cherchons une femme d'été ; ce qui veut dire : à la chute des feuilles, on se borde. Sois tranquille, je ne ferai pas de tableaux. Ainsi, va, ne te gêne pas… je te permets de regarder les femmes et de choisir celle qui me succédera… je t'aiderai même de mes conseils.

ALEXANDRE. — Tiens, voilà Mlle Painchaud qui entre dans l'eau… elle est jolie, cette fille-là.

CERCLEUX. — Oui, mais mal faite.

ALEXANDRE. — Je ne vous dis pas, mais la tête est ravissante… moi, pourvu que la tête me plaise…

CERCLEUX. — C'est la jeunesse… vous ne direz pas toujours ça; vous verrez qu'une jolie tête ne suffit pas, et que le reste a une rude importance.

RAYMONDE, *modestement.* Parbleu… alors ça ne serait pas la peine d'avoir un corps de statue.

CERCLEUX. — Et encore ça dépend de quelle statue.

RAYMONDE. — Naturellement, pas la statue de la République.

CERCLEUX. — Non, j'ai chez moi la Vénus de Milo et la Diane de Falguière…

RAYMONDE. — Ce n'est pas banal.

CERCLEUX. — Si, c'est banal, mais ça ne fait rien… j'ai toujours rêvé un dialogue entre ces deux bonnes femmes-là, chacune vantant sa beauté particulière… vous comprenez, une sorte de discussion…

ALEXANDRE. — Elles n'en viendraient toujours pas aux mains.

RAYMONDE, *jouant la bêtise.* — Ah ! j'ai compris… tu dis ça, chéri, parce qu'il y en a une qui n'a plus de bras… c'est joliment drôle.

ALEXANDRE. — On fait ce qu'on peut.

CERCLEUX. — Eh bien ! moi, je crois

que la Vénus de Milo, à Paris, en 1911, n'aurait pas le moindre succès... comme femme. Elle ne ferait pas un sou. D'abord on ne pourrait pas l'emmener dans tous les théâtres; à l'Opéra, au Trocadéro, je ne dis pas; mais voyez-vous cette gaillarde-là entrant à la Bodinière !

RAYMONDE. — Elle prendrait tout l'air... on étoufferait.

CERCLEUX.— Elle n'aurait pas son emploi.

RAYMONDE. — Si, dans une revue, elle pourrait faire l'Oseille ou l'Alliance russe. D'ailleurs les femmes qui ont inspiré de grandes passions n'ont jamais été de ces créatures splendides; tandis que de petites personnes troublantes et perverses, maigrichonnes ou rondelettes, des petits fils de fer ou des petits tapons ont fait tourner toutes les têtes et semé des désastres autour d'elles.

CERCLEUX. — Pourtant il y a des femmes très allurales et très sculpturales qui ont été adorées, je vous prie de le croire. Très souvent les belles femmes ont l'air bête ; elles sont froides, indolentes, passives, difficiles à remuer... elles haïssent le mouvement qui déplace les lignes. Il y a la série des marbres et des belles « Madame Fromage », je vous l'accorde ; mais à côté de ça, il y a les déesses, les héroïnes, celles qui passent dans la vie avec des airs d'impératrices ou de princesses lointaines, celles qui sont des poèmes de chair ou de grandes fauves avec des têtes de lionnes, et celles-là, quand elles s'y mettent, elles cassent tout.

ALEXANDRE. — Vous ne me paraissez pas très fixés ni l'un ni l'autre.

RAYMONDE. — C'est comme les grasses et les maigres. Moi j'ai connu des femmes trop minces avec la figure en lame de couteau, des yeux enfoncés et cerclés, une taille de roseau et une démarche onduleuse... vous voyez ça d'ici...

Il y a des hommes qui se sont tués pour des femmes comme ça.

CERCLEUX. — La passion s'accroche aux angles et l'électricité sort par les pointes.

Mais j'ai connu des petites femmes rondes qui ont été rudement aimées, qui ont provoqué des drames tout comme les maigres, et pour lesquelles on s'est tué.

ALEXANDRE. — Vous voyez bien que vous ne serez jamais d'accord.

CERCLEUX. — Évidemment, on ne peut pas établir de règles générales... sans ça, ce serait trop commode.

RAYMONDE. — Ce n'est pas une question d'esthétique, c'est une question de peau.

CERCLEUX. — Voilà.

RAYMONDE. — Et l'important pour une femme, ce n'est pas d'être belle, c'est d'être aimée et, pour ça, il faut qu'elle fasse naître la volupté, tout est là.

CERCLEUX. — Et encore, elle peut la faire naître chez mon voisin et ne rien m'inspirer à moi.

RAYMONDE. — Pourtant l'idée qu'elle la fait naître chez votre voisin vous est déjà un stimulant.

CERCLEUX. — Cela excite ma curiosité tout au plus. J'ai connu des femmes follement aimées... J'ai voulu savoir pourquoi...

ALEXANDRE. — Eh bien ?

CERCLEUX. — La plupart du temps, j'ai eu toutes les peines du monde à être poli.

RAYMONDE. — Parbleu ! si vous êtes fatigué... s'il vous faut des choses extraordinaires.

CERCLEUX. — Même sans être fatigué.. D'ailleurs, Raymonde, je vous défends de me parler ainsi.

ALEXANDRE. — Mais y a-t-il des signes extérieurs auxquels on puisse reconnaître qu'une femme vous plaira physiquement ?

CERCLEUX. — Sans doute... il faut d'abord savoir à peu près ce que vous voulez et, pour cela, avoir fait un assez grand nombre d'expériences. Pour moi, j'estime qu'un homme qui a vécu, qui a observé, qui a été commencé à votre âge, c'est-à-dire pas trop jeune, et, j'ajouterai admirablement commencé...

Il se tourne vers Raymonde.

RAYMONDE. — Merci mille fois.

CERCLEUX. — J'estime qu'un tel homme, quand il arrive à trente ans, peut choisir la femme définitive, la femme qu'il épousera, sans trop risquer d'avoir des déceptions physiques.

RAYMONDE. — C'est pour cela que le mariage est une chose monstrueuse pour nous autres femmes qui ne pouvons pas nous faire une expérience.

CERCLEUX. — Mais, comme vous n'êtes pas expérimentées, vous êtes moins difficiles, et tout va ou à peu près... c'est pour cela que vous voyez d'exquises jeunes filles épouser le plus naturellement du monde de vieux messieurs lourdauds et podagres...

RAYMONDE. — Et les tromper au bout de six mois.

Cependant il se fait un grand mouvement sur la plage. Tout le monde se retourne, car, en haut, près des cabines, drapée dans un peignoir de grosse laine mauve, coiffée d'un foulard mauve, semé d'œillets jonquille, apparaît la sensationnelle Mme Aupoint. Les petits jeunes gens se bousculent aux bords des flots et mouillent même leurs souliers jaunes pour être plus près, toujours plus près; quelques marchands tirent leurs lorgnettes.

ALEXANDRE. — Voilà la belle madame Aupoint. Celle-là trouve-t-elle grâce devant vous?

CERCLEUX. — Peuh !

RAYMONDE. — Vous êtes difficile. En tout cas, je crois que vous lui plaisez beaucoup... elle a une façon de vous regarder... à votre place, moi, je prendrais le contact.

CERCLEUX. — Vraiment, vous croyez qu'elle marcherait?

RAYMONDE. — Comme une pomme !

CERCLEUX. — Entre nous, je ne la crois pas très ferme.

ALEXANDRE. — Comment le savez-vous?

CERCLEUX. — Regardez-la descendre sur les planches... vous voyez comme ses joues remuent.

ALEXANDRE. — C'est vrai, elles tremblent un peu.

RAYMONDE. — Qu'est-ce que ça prouve?

CERCLEUX. — Ça prouve que la pente est assez raide, qu'il y a, par conséquent, une réaction au contact du pied sur la planche, d'autant plus forte que le poids de la personne est plus grand, réaction dont tout le corps est ébranlé.... Or les joues ne résistent pas, elles remuent et si les joues remuent...

RAYMONDE. — C'est comme quand le bâtiment va, tout va.

CERCLEUX. — C'est une expérience que je vous recommande. Ainsi, Sacha, quand vous vous marierez, faites descendre à votre fiancée la rue des Martyrs. Si les joues remuent, n'épousez pas, parce qu'alors, s'il y a des enfants plus tard, c'est la déformation, l'écroulement...

RAYMONDE. — Le dégoût et la mort.

CERCLEUX. — Oui, mon cher Sacha, à trente ans, si vous n'êtes pas usé ni blasé, si vous êtes un homme bien équilibré, vous trouverez votre compagne normale et je la connais.

ALEXANDRE. — Comment qu'elle est, dites, ma normale?

CERCLEUX. — Mon cher ami, c'est bien simple. Il faut d'abord admettre qu'en amour les amants doivent former à eux deux une couleur ou une musique parfaite. Je m'explique...

RAYMONDE. — J'allais vous le demander.

CERCLEUX. — Prenons un exemple : si l'amant est jaune...

RAYMONDE. — C'est un Chinois.

CERCLEUX. — Et si la femme est verte...

RAYMONDE. — C'est une noyée.

CERCLEUX. — Je vous en prie, Raymonde, je parle très sérieusement, je vous assure.

RAYMONDE. — Je crois bien, vous piontifiez.

ALEXANDRE. — Voyons, Cocotte, laisse parler monsieur.

CERCLEUX. — Si l'homme est jaune et la femme verte (je parle au figuré, bien entendu, je dis ça, pour Raymonde), ils seront complémentaires l'un de l'autre, comme deux couleurs, et leur amour, lui aussi, d'une couleur bien déterminée.

ALEXANDRE. — Il sera bleu.

CERCLEUX. — Précisément. Au point de vue musique, si l'homme est un *do*...

RAYMONDE. — Ça arrive.

CERCLEUX. — Si l'homme représente la note *do*, la femme devra représenter la note *mi*, par exemple, pour que l'ensemble ne soit pas dissonant.

RAYMONDE. — Puis *do* et *mi* étant mariés, arrive l'amant qui représente la note *sol; do*, *mi*, *sol*, accord parfait, ménage à trois.

CERCLEUX. — Vous blaguez, Raymonde, vous avez tort... c'est beaucoup plus vrai que vous ne le croyez, tout cela.

ESTHÉTIQUE

Ça m'ennuie de me baigner devant ce tas d'imbéciles

ALEXANDRE. — Laissez-la donc, c'est une femme... moi, je vous comprends très bien, mon cher Cercleux.

CERCLEUX. — Maintenant, il peut arriver que les deux couleurs ou les deux notes, au lieu d'être complémentaires, soient à l'unisson... dans ce cas, l'amour sera une superposition.

RAYMONDE. — C'est encore ce qu'il y a de meilleur.

CERCLEUX, *que rien ne trouble plus.* — C'est-à-dire que si l'homme est jaune et si la femme est jaune aussi, leur amour sera jaune.

RAYMONDE. — Jolie couleur! Place aux jaunes!

CERCLEUX, *impassible.* — De même, si l'homme représente la note *mi* et la femme également...

RAYMONDE. — Ah! oui...

CERCLEUX. — Non, mademoiselle, ça ne fera que *mi.*

RAYMONDE. — C'est dommage.

CERCLEUX. — D'après cela, comme vous êtes déjà brun, avec des cheveux lisses, des lèvres un peu fortes, grand et mince, il est plus que probable que le type auquel vous vous arrêterez sera celui d'une femme qui vous arrivera au menton, blonde, potelée, avec des cheveux fous, une peau éclatante, ou bien alors une femme mince, souple, au teint mat comme le vôtre, avec des yeux bruns et des bandeaux noirs et lisses comme les héroïnes de 1830.

RAYMONDE. — En somme, vous prévoyez qu'il épousera une blonde, à moins que ce ne soit une brune. J'en aurais bien fait autant... il n'y avait pas besoin de toutes ces théories pour arriver à ce résultat de La Palice... c'est comme à la roulette, on peut toujours prédire que ça sera rouge ou noir qui sortira... c'est la même chose, blonde ou brune.

ALEXANDRE. — Il y a encore la rousse.

RAYMONDE. — Il y a aussi le zéro à la roulette.

ALEXANDRE. — Tu n'as rien compris.

RAYMONDE. — Toi non plus.

CERCLEUX. — Je vous demande pardon...

RAYMONDE. — Vous non plus. Et s'il épouse la petite blonde qui est son complément, il la trompera le jour où il rencontrera la grande brune qui est son unisson... Ce n'est pas gai pour le complément. Voilà une jolie théorie : je ne vous en fais pas mes « compléments ».

CERCLEUX, *continuant de causer avec Alexandre et n'écoutant même plus Raymonde.* — Oui, il y a un tas de moyens de deviner, de se renseigner.

ALEXANDRE. — La rue des Martyrs?

CERCLEUX. — C'en est un. La démarche, le balancement des hanches donnent des indications presque infaillibles sur la structure du bassin et la conformation des jambes.

RAYMONDE. — Dites donc, Cercleux, dans la théorie complémentaire, un homme qui n'a qu'une jambe doit épouser une femme qui en a trois...

Mouvement de foule. Bousculade aux bords des flots. C'est Mme Blanche Daran, dite la Vierge, qui va prendre son bain; elle marche en son albe peignoir, yeux baissés.

ALEXANDRE. — En voilà une qui est jolie, mais elle ne me dirait rien du tout.

CERCLEUX. — Pourquoi?

ALEXANDRE. — Parce que d'abord il ne doit y avoir rien à faire... Elle a l'air d'un froid!

CERCLEUX. — Quelle erreur! Elle a de grands yeux limpides, c'est vrai, et on ne lui connaît pas d'aventures; mais je sais sûr que cette femme-là doit avoir un tempérament extraordinaire. Avez-vous vu le mari?... il est venu passer trois ou quatre jours, vers le 15 août. Il est reparti tout pâle.

RAYMONDE. — Oui, il est allé se reposer à Paris des fatigues de la mer !

CERCLEUX. — Regardez-la... Voyez-vous, les femmes qui ont le cheveu abondant et un peu tourmenté, ce qu'on appelle le cheveu rétu, et puis qui ont les mâchoires larges, des mâchoires de petites brutes, je vous assure que celles-là... Pas de tempérament, Mme Daran ! c'est la femme idéale, au contraire, sentimentale et passionnée.

RAYMONDE. — Oh ! oui, ça c'est le rêve, une brute douce, un taureau rêveur ! Quand je suis allée à Maubeuge...

ALEXANDRE. — C'est une anecdote?

RAYMONDE. — Oui, c'est une anecdote... On m'a menée voir des forges... les forges du bon Dieu, je crois.

CERCLEUX. — C'est peut-être les forges de la Providence, que vous voulez dire.

RAYMONDE. — Oui, c'est ça, les forges de la Providence... Eh bien ! j'ai vu là une grosse machine, ça s'appelle un marteau-pilon, et après avoir martelé des masses de fer de cent kilos, l'ouvrier a écrasé une noisette avec... C'est comme ça que je comprends un amant. Je veux le sentir assez fort pour me broyer et assez doux pour jamais ne me faire du mal.

ALEXANDRE. — Tu as connu des hommes comme ça?

RAYMONDE, *rêveuse.* — J'en ai connu un.

CERCLEUX. — C'était un poète?

RAYMONDE. — Non... c'était un homme-canon !

Cependant la baignade continue. Le vent soufflant de terre apporte les douze coups de midi cueillis un par un à la vieille église des Grandes-Poses. Peu à peu les nageuses se font plus rares, comme dans l'*Enéide*, et bientôt la plage se vide comme une salle de spectacle.

CERCLEUX, *philosophiquement, après avoir examiné avec Alexandre quelques échantillons de l'espèce féminine.* — Et puis, voyez-vous, la meilleure manière de savoir si une femme vous plaira, c'est de commencer par la prendre. Toutes les expériences ne valent pas celle-là... Avec toute son habitude, toute son observation et toute sa science, le plus malin peut se tromper. C'est comme la chiromancie et la graphologie... Ce ne sont pas des sciences inutiles, je ne dis pas ça... mais pour bien connaître un homme, je n'ai pas besoin de pâlir sur les lignes de sa main ou de son écriture. Je n'ai qu'à lui demander cinquante louis et à le laisser tout seul quelques heures avec ma maîtresse... et selon la façon dont il se sera comporté dans ces deux sérieuses épreuves, je saurai à quoi m'en tenir sur son compte. Et sur ce, allons déjeuner.

Ils se lèvent et partent les derniers. Midi et demi. Plage déserte.

III. — La Loge Infernale

Au bal de l'Opéra; dans une loge louée à frais communs, le Prince de Styrie, Hubert Cresson, d'Auvert, Albrey et Sam, le Petit Moutardier. Ce dernier, couché dans le fond de la loge, dort du sommeil du juste et des cocktails. Les autres crient, lancent des serpentins et tâchent de s'amuser, sans y réussir cependant.

CRESSON, *hurlant.* — A nous les femmes du monde !

ALBREY, *hurlant.* — Ohé ! ohé ! les autres !

D'AUVERT. — Nous avons beau crier, nous ne nous amusons pas beaucoup.

CRESSON. — Oui, nous ne sommes pas gais. Il aurait fallu dîner tous ensemble, avec des femmes étincelantes d'esprit.

ALBREY. — Il faut encore en trouver.

CRESSON. — Au lieu de ça, nous arrivons chacun de son côté, après avoir dîné dans nos familles pour acheter des gants, c'est absurde. Il faut arriver ici un peu gris, ou alors, pour la rigolade, c'est gelé.

SACHA, *répétant d'une voix sombre.* — Tout à fait gelé pour la rigolade.

D'AUVERT. — Sam est arrivé pochard; il n'est pas plus drôle pour ça. *(Il désigne le Petit Moutardier, qui dort dans le fond de la loge.)*

ALBREY. — Il ne sera pas frais pour son match à bicyclette demain... Vous savez qu'il court avec une femme : il lui rend dix tours de piste.

CRESSON. — Faut-il qu'il soit saoul, pour rendre dix tours de piste !

On rit à se tordre.

ALBREY. — Secouons notre torpeur !

CRESSON. — Moi, je veux faire mille folies.

Il enlève son habit et paraît au bord de la loge en bras de chemise.

D'AUVERT. — En voilà déjà une.

CRESSON, *d'un air accablé.* — Il m'en reste encore neuf cent quatre-vingt-dix-neuf à faire... Je n'y arriverai jamais.

D'AUVERT. — D'abord, ça manque de femmes.

SACHA. — J'ai donné le numéro de la loge à toutes nos amies.

D'AUVERT. — Elles ne viennent pas souvent.

SACHA. — Attendez ! attendez ! Il n'est que minuit; la fête ne bat pas encore son plein.

CRESSON. — Est-ce que Raymonde est ici?

SACHA. — Oui; mais il est convenu que nous allons chacun de notre côté... liberté entière. Nous nous retrouverons à la maison, dans notre lit; le premier arrivé attendra l'autre.

D'AUVERT. — Comme les musiciens au point d'orgue.

CRESSON. — Les grandes courtisanes ne sont pas encore là.

A ce moment précis et non à un autre, on frappe à la porte de la loge. Sacha va ouvrir : entre une femme habillée en Espagnole, costume très riche, très chic.

L'ESPAGNOLE. — La loge infernale, monsieur, s'il vous plaît?

TOUS. — C'est ici, madame.

L'ESPAGNOLE. — Je suis envoyée par l'administration des pompes funèbres pour vous dire que si c'est la loge infernale, il faut l'écrire sur la porte, parce qu'il est absolument impossible que l'on s'en doute, et tout le monde s'en plaint.

Elle veut sortir.

CRESSON. — Pas du tout, on ne calte pas comme ça.

ALBREY. — Il faut tous nous embrasser.

L'ESPAGNOLE. — Vous êtes trop tristes.

D'AUVERT. — Donnez-nous quelques *olle*, si vous nous trouvez trop tristes, vous devez bien en avoir sur vous.

L'ESPAGNOLE. — Je les ai tous donnés à un pauvre.

CRESSON. — Oh! laissez-la donc, elle la fait à la pose.

D'AUVERT. — C'est une grande dame.

SAM, *qui s'est réveillé.* - Tiens, un masque! C'est une Espagnole. *(Il lui relève sa jupe.)* Fais voir tes dessous.

L'ESPAGNOLE, *lui donnant une gifle.* — A bas les pattes, Moutardier!

SAM, *se frottant la joue.* Tiens! tu me connais donc?

L'ESPAGNOLE. — Je ne connais que toi.

SAM, *qui a l'idée fixe.* — Fais voir tes dessous.

D'AUVERT. — Méfie-toi, Sam. Ne mets pas madame en colère! C'est une Espagnole, elle a un poignard dans sa jarretière.

SAM. — C'est pas un poignard, c'est un injecteur.

L'ESPAGNOLE. — Crème de mufle, va! Alors, c'est tout ce que tu fais de ton immense fortune?

SAM. — Qu'est-ce que tu veux que je fasse? tout m'embête.

L'ESPAGNOLE. — Tu n'aimes donc rien?

SAM. — Si, j'aime le cheval.

L'ESPAGNOLE. — Il te le rend bien. *(Elle sort.)*

D'AUVERT. — Elle s'est bien payé notre tête.

ALBREY. — Elle a raison... Nous sommes navrants. *(D'une voix très douce :)* Nous aurions dû la violer.

D'AUVERT. — Il y a une chose qui me console, c'est qu'on ne s'amuse pas plus dans les loges à côté.

CRESSON. — Vous croyez?

D'AUVERT. — J'en mettrais ma main au feu.

On frappe à la porte de la loge, entre un Monsieur avec un immense faux nez et des moustaches grotesques.

LE FAUX NEZ. — La loge infernale, Messieurs, s'il vous plaît?

CRESSON. — C'est une scie.

LE FAUX NEZ. — Les femmes que vous attendez ne viendront certainement pas. Je viens de vous apercevoir d'en bas, vous m'avez paru sinistres... Vous avez l'air de filles de joie.

SACHA. — Mais, pardon, monsieur, nous n'avons pas l'honneur ..

Le Faux Nez. — Je suis l'ancien rédacteur en chef de *La Vieille Gaîté Française* et je suis venu vous apporter quelques bonnes nouvelles, quelques plaisants détails.

Cresson. — Il n'y a personne ce soir.

Le Faux Nez. — Parce que l'on a peur des bombes; mais il n'y a aucun danger : le service d'ordre est parfaitement assuré et j'ai coudoyé tout à l'heure deux ou trois mousquetaires secrets de M. Lépine... C'est un peu mêlé, ici. Il y a pourtant un assez grand nombre de marmites dans les couloirs, mais elles ont le renversement plutôt agréable.

D'Auvert. — Ah! ça, c'est fin; c'est de bon goût.

Le Faux Nez. — Gardez-vous de l'ironie, jeune homme, comme aurait dit M. de Laprade, et abandonnez-vous à la gaîté, car la mi-carême est en train de devenir une fête nationale, le chef de l'État lui-même ayant assisté au défilé du haut de ses balcons élyséens. Avez-vous vu la mascarade qu'ont organisée les étudiants?

Cresson. — Il paraît que c'était infect.

Le Faux Nez. — C'était féerique.

Albrey. — Vous exagérez.

Le Faux Nez. — Oui, mais cette mascarade est un signe évident que la foi revient, car considérez que lorsqu'on s'amuse, c'est que l'on croit : au moyen âge les escholiers étaient joyeux. Le cortège des lavoirs est tout ce qui nous reste des usages des anciennes corporations, et Paul Desjardins prépare un livre symbolique qu'il appellera « le Lavoir présent ».

Sacha. — On assure que la reine des blanchisseuses est ici?

Le Faux Nez. — Parfaitement... au bras d'Arthur Meyer, car cet homme consacre toutes les royautés.

Cresson. — Tout ça n'est pas gai; on ne s'amuse plus.

Le Faux Nez. — On ne s'amuse plus! A la Maison-d'Or, les Augias, les seuls qui ne se rangent pas en vieillissant, jetaient à la foule des lapins vivants : les pauvres bêtes étaient écharpées avant que d'arriver sur le trottoir, et leurs tripes innocentes sortaient de leurs ventres frémissants. Ohé! ohé! on ne s'amuse plus! Eh bien! qu'est-ce qu'il vous faut? un doux soleil de mars éclairait ces scènes champêtres. A tous les balcons donnant sur les boulevards, il y avait tant de gens pour voir passer la cavalcade, qu'une femme du meilleur monde est restée cinq heures accoudée à une fenêtre tandis que, derrière elle, un gentleman se livrait sur sa personne aux mêmes outrages que feu Casanova infligeait, dans les mêmes circonstances, à une dame qui regardait une exécution. Et la femme du meilleur monde n'a pas pu dire un seul mot, *tellement on était serré*! Olle! Olle! vous voyez bien que la vie est bonne et qu'on peut encore s'amuser à Paris. Bonsoir, messieurs. *(Il sort.)*

Cresson. — Encore un qui s'est fichu de nous.

Albrey. — Il a raison, nous ne nous amusons pas parce que nous restons-là sans bouger. Répandons-nous dans les coulisses et allons pincer quelques...

Il dit un très gros petit mot.

Sacha. — Albrey est cynique.

Albrey. — Pas du tout... je dis ce que je pince.

Cresson. — C'est ça, nous allons écumer le foyer et nous ramènerons ici des femmes jusqu'à ce que nous ayons trouvé un chopin.

D'AUVERT. — Venez-vous avec nous, Sacha?

SACHA. — Non, je reste ici... Si Raymonde venait, j'aime autant qu'elle me trouve.

Tous sortent, à l'exception du prince.

Assis au fond de la loge, Sacha regarde dans la salle la foule des habits noirs et des dominos, et une grande mélancolie l'envahit.

Au bout d'un quart d'heure, il voit entrer Cercleux, donnant le bras à une femme de très grande allure : robe Empire en satin noir doublé de rose; une immense capote de bébé, noire et rose avec des plissés roses formant voilette; petit loup de velours noir avec barbe de tulle rose; sur le corsage voilant la gorge, une traînée d'œillets roses; gants noirs.

CERCLEUX. — Permettez-moi, madame, de vous présenter Son Altesse le prince de Styrie, mon élève.

SACHA. — Madame, soyez la bienvenue, croyez bien que...

Il bafouille.

LA DAME. — Figurez-vous que monsieur m'a sauvé la vie... J'avais eu l'imprudence de m'aventurer seule dans les couloirs et j'étais tripotée par une bande de calicots : ils me prenaient la gorge, la taille... c'est extraordinaire ce qu'il y a de goujats sous l'habit noir ! Enfin, monsieur, ayant pitié de ma détresse, m'a offert son bras et l'hospitalité dans votre loge. J'ai accepté, à condition qu'on ne me ferait pas la cour

SACHA. — Vous n'aimez pas ça?

LA DAME. — Habituellement oui ! mais ce soir, non !

CERCLEUX. — Alors, pourquoi un si joli costume ?

LA DAME. — Pour ma satisfaction personnelle, et puis aussi parce que je pensais rencontrer ici un homme que j'aime. Mais je crois qu'il n'est pas venu.

SACHA. — Il a eu le plus grand tort.

LA DAME. — Il a eu peut-être raison.

CERCLEUX. — Il sait que vous êtes ce soir au bal de l'Opéra?

LA DAME. — Oh! il doit s'en douter, car c'est un anniversaire.

C'est ici même, il y a trois ans, que nous nous sommes connus...

Et puis, je ne sais pas pourquoi je vous dis tout cela; d'ailleurs, le masque, qui donne aux femmes tant d'aplomb pour dire des bêtises ou des polissonneries, peut bien leur en donner pour faire des confidences.

Dans les deux cas on reste inconnu et puisque j'ai besoin de parler de la seule chose qui m'intéresse, je ne sais pas pourquoi je me gênerais. *(Au prince.)* Et vous, monseigneur, vous amusez-vous ici?

SACHA. — Peuh !

LA DAME. Vous n'avez pas de maîtresse?

SACHA. — Si, j'en ai une; elle doit vadrouiller dans le bâtiment.

LA DAME. — Et vous ne vous en occupez pas plus que ça?

SACHA. — Je suis sûr de la retrouver ce soir à la maison.

LA DAME. — Avec vos pantoufles. *(A Cercleux.)* Il est très bien, votre élève.

CERCLEUX, *modeste.* — Je tâche de le faire profiter de mon expérience et je lui enseigne à ne pas attacher trop d'importance à l'amour.

LA DAME, *à Sacha.* — Alors, qu'est-ce que vous êtes venu faire ici ?

SACHA. — Je suis venu chercher une aventure.

LA DAME. — Oh ! méfiez-vous des aventures à l'Opéra; on ne sait jamais comment ça finit et dans la femme que vous emmènerez ce soir joyeusement et avec l'ivresse de la conquête, dites-vous qu'il y a peut-être toute la tristesse, tout le désespoir et tout l'abrutissement de votre vie.

SACHA. — Eh bien ! vous êtes encourageante.

CERCLEUX. — Vous n'avez pas du tout l'air de vous douter que vous êtes ici dans la loge infernale; moi aussi, d'ailleurs, je suis triste, ce soir. C'est au bal de l'Opéra que j'ai rencontré la seule femme que j'aie aimée, et s'il y a quelqu'un qui vous comprenne, c'est moi. Je vous comprends tellement que je n'essaye même pas de vous faire la cour, quoique la femme dont je vous parle vous ressemblât singulièrement. Elle avait comme vous des petits pieds, des petites mains, une gorge superbe, une croupe maternelle... elle ressemblait aux femmes de l'École italienne. *(Avec un soupir.)* Je n'ai jamais retrouvé ce numéro-là.

LA DAME. — Non, ce n'est pas gai la vie... On étouffe ici.

SACHA. — Otez donc votre masque.

Elle enlève son masque qui laisse voir deux grands yeux noirs baignés de larmes.

L'HOMME AU FAUX NEZ, *entr'ouvrant la porte.* — Loge infernale ! ohé ! ohé !

PRINTEMPS

Te voilà, Printemps, vieux jeune homme!
Avec tes vertes frondaisons
Et le drap vert de tes gazons,
Ah! tu n'es pas très neuf, en somme.

Et pourtant, dès que tu parais,
Les bruns garçons, les filles blondes,
Autour de toi dansent des rondes,
Comme des mouches dans les rais

Du soleil! Ohé! les poètes :
Amours, beaux jours, chansons, pinsons;
Aveux, doux vœux, frissons, buissons!
Joli mois de mai, tu m'embêtes!

Aubes claires de rose thé,
Crépuscules d'héliotrope :
Tout cela me rend misanthrope
Car je n'ai plus, en vérité,

L'âge des emballements roses,
Quand je croyais que le destin
Me servirait chaque matin
Une princesse, avec des roses

Autour, dans un rare décor
Où des esclaves accoudées
Rêvent parmi des orchidées;
L'âge où je n'avais pas encor

Brûlé ma dernière cartouche,
Quand ma maîtresse joliment
Me grondait d'être trop gourmand
Et toujours porté sur sa bouche...

Et malgré ton éclat, Printemps,
Et les serments des amoureuses
Je sens les angoisses heureuses
Du deuil automnal et du temps...

Oui, tous nos bonheurs, par jonchées
Avec les rameaux arrachés,
Sont lamentablement couchés
Sur les pelouses desséchées

Des hommes beaux comme des dieux
Emmènent à leurs bras des femmes
Qui sont belles comme des femmes!
Toutes et tous ont dans leurs yeux

Des regards longs comme des lances!
Ils passent devant ma maison;
Ils me disent : « Viens-tu? » Mais on
Ne me la fait plus aux troublances.

Vous pouvez me tendre la main,
Non, je ne serai pas le vôtre :
Dans ma sagesse je me vautre;
Passez, passez votre chemin;

Et le cerveau bleuté de rêves
Allez adorner de lilas
Le corsage des Dalilas
Dont les amours, comme eux, sont brèves.

Malgré mon amour des lointains,
En vain Madame Chrysanthème
Viendrait me murmurer : « Je t'aime »
Car, sans baiser ses ongles teints,

Je la renverrais éplorée.
Et si la reine de Saba
Par quelque biblique sabbat
Me montrait la forêt sacrée...

Je la dédaignerais aussi.
Non, je ne crois plus que l'on m'aime :
Donc à quoi bon souffrir? Et même
La blonde au corsage aminci

Qui vit sans que je la connaisse;
Celle dont j'ai rêvé longtemps,
L'Inconnue, un soir de printemps
Peut venir, claire en sa jeunesse :

Pour montrer quel homme je suis,
Quel homme je veux toujours être,
Qu'elle passe sous ma fenêtre!
Je prends mon chapeau, je la suis.

DEUX ÉTATS D'AME

LLE avait exprimé le désir fou de visiter avec lui l'Aquarium du Trocadéro, et il l'attendait en se promenant sous les arcades de cet affreux monument que J.-K. Huysmans compara à une femme lubrique dressant vers le ciel ses deux jambes écartées devant la tour Eiffel.

C'était un de ces derniers jours de février; il faisait un temps froid, un vent aigre et le ciel était d'un gris sale; mais, à l'heure du crépuscule, du côté de l'Occident, au-dessus de Grenelle, il y eut une lueur rougeâtre comme d'un incendie. Tout était silencieux et désert; le Champ de Mars, cet étrange jardin qui n'a que tous les onze ans sa monstrueuse floraison de palais, de restaurants, de pavillons et de kiosques, le Champ de Mars était sans mystère : seuls, la Galerie des Machines et le Palais des Beaux-Arts rappelaient ses destinées et surtout la tour Eiffel où grimpa toute la France de quatre-vingt-neuf, de mil huit cent quatre-vingt-neuf, où des milliers d'êtres humains semblèrent d'un peu loin des insectes noirs se promenant sur cet arbre symbolique, le Muflier.

Et tout cela était infiniment mélancolique.

Maintenant, il marchait à la façon d'un homme impatient, les yeux constamment tournés vers l'Est, non pas dans une patriotique préoccupation, mais parce que c'était de ce côté-là que son amie devait venir. Il pensait, en l'attendant : « Hélas ! que j'en ai vu mourir des Expositions, des universelles Expositions ! » De celle de 1866, il ne se rappelait qu'une visite à un scaphandre, et une brûlante après-midi de juillet où, petit garçon fatigué que sa mère tenait par la main, il pleurait parce qu'on ne trouvait pas de fiacres pour rentrer à la maison. De l'Exposition de 1878, il ne se rappelait plus grand'chose, sinon qu'elle avait coïncidé avec des examens péniblement passés, et qu'elle fut une Exposition sérieuse, sévère même, ennuyeuse, dirai-je, l'Exposition d'un peuple qui se relève.

Mais de celle de 1889, il avait conservé un très vif souvenir; il en avait violemment aimé le côté exotique et il y avait même participé en ce sens que tous les soirs, pendant un mois, il s'enivra de voir danser la Soledad et la Macarona; il connut l'amour puéril et safran avec une petite Javanaise de l'Esplanade, l'amour fataliste et ambré avec une mouquère danseuse du ventre, l'amour noir et sans détour avec une Soudanaise de six pieds; puis, rentrant dans la civilisation, il connut l'amour blanc, assez gras, et romanesque tout de même, avec une dame du Mans, car il y eut de tièdes soirs d'été où, autour et à cause des fontaines lumineuses, les notairesses de province furent psychologiquement et physiologiquement pour rien.

Il sourit un moment à ses souvenirs

multicolores; mais il cessa bientôt de penser à des choses frivoles et il envisagea la prochaine Exposition au point de vue social. Comme il avait des idées générales, il vida les lieux communs et, comme son amie n'était pas encore venue, il fut pessimiste.

— Vraiment, pensait-il, les historiens en ont de bonnes qui font commencer les temps modernes à la prise de Constantinople par les Turcs! C'est très comique; mais une autre date de départ s'impose pour les temps actuels, pour les temps nouveaux où les événements et les découvertes se succèdent avec une telle rapidité que les jeunes hommes comme moi ont pu voir, en l'espace de moins de trente ans, l'éclairage électrique et l'agonie des Parnassiens, les téléphones et le naturalisme, le phonographe et les mages, l'antisepsie et les décadents métalliques, le microbisme et l'école romane, la bicyclette et l'idéalisme, l'automobilisme et le naturisme, sans compter six Présidents de République depuis Thiers dit le Bref jusqu'à Félix dit le Bel, et tant de ministres que Silhouette lui-même, qui, sous Louis XV, fut ministre huit mois, en serait épouvanté.

Quels progrès allait-on constater après cette Exposition de 1900 qui ouvre le XXe siècle? Quels progrès et quels désastres aussi, car chaque exposition est une œuvre détestable de centralisation; c'est un coup de pompe formidable, une effroyable aspiration de la province par Paris, et non pas seulement pendant les six mois que durent ces fêtes de l'intelligence et du travail, mais encore pendant les intervalles.

Il prit des instantanés de l'avenir.

Après l'Exposition de 1900, une maladie terrible, plus perfide que l'influenza, plus foudroyante que le choléra, la peste, puisqu'il faut l'appeler par son nom, décime les Parisiens, la peste apportée sans doute dans de riches tapis d'Orient, justice immanente et arménienne des choses, châtiment des précédentes et extérieures politiques.

De l'Exposition de 1900, les provinciaux qui y sont venus ont rapporté un tel éblouissement, un tel vertige qu'ils ont trouvé, en rentrant chez eux, la campagne bien triste, la terre ingrate et la petite ville insupportable. La province, est abandonnée; il y a un immense exode vers la Ville-Lumière; l'attraction est irrésistible; les Provençaux insinuants, les gens du Nord industrieux, ceux du Centre pleins de ténacité et de bon sens, envahissent Paris, et la grande ville toujours trop petite s'étend dans la direction de l'Ouest jusqu'à Meulan-les-Mureaux; Levallois-Perret est un quartier central.

L'industrie, après avoir pris un développement anormal, traverse une crise épouvantable; des grandes maisons, séculaires ou à peu de choses près, suspendent leurs paiements, et l'on voit des marchands de comestibles, chevaliers de la Légion d'honneur, se faire sauter la cervelle.

Cependant, les gens qui, en France, ne sont ni patrons, ni ouvriers, ni fermiers, ni paysans, mais les intermédiaires, les usuriers, s'enrichissent seuls au milieu de la misère générale, et comme ils ont acquis sans peine, ils jouissent sans pudeur. Alors, les ouvriers sans travail s'agitent, des murmures grondent, des discours flambent, des bombes éclatent, des citoyens sont menacés.

Puis, la guerre étrangère, la guerre pleine d'horreurs, la guerre où l'on ne voit pas l'ennemi, où il n'y a plus de bravoure ni d'élan possibles, où la *furia francesa* et puis rien du tout c'est absolument la même chose, puisque l'on est tué de très loin par des balles venant on ne sait d'où.

Enfin, plus tard et peut-être plus tôt qu'on ne pense, l'invasion chinoise, le péril jaune et la vieille Europe étouffée sous la formidable poussée des Barbares.

Il en était arrivé là dans la vision sombre de l'avenir (est-il utile de mentionner qu'il avait lu tout ça dans les livres?) lorsqu'il sentit une petite main qui lui touchait l'épaule : c'était son amie qui était enfin venue, non pas du côté de l'Est, mais du côté de l'Ouest, contre son attente.

— D'où viens-tu donc? interrogea-t-il, plein d'affreux soupçons.

Elle donna une explication assez plausible de son retard et elle dit :

— Je suis là depuis dix minutes; mais tu avais *un si drôle d'air* : tu parlais tout haut et tu ne me voyais pas.

Il répondit :

— Je pensais à des choses terribles qui arriveront après l'Exposition.

— Je sais bien, j'ai tout entendu; vraiment, fit-elle effrayée, est-ce que tu crois que l'on aura la guerre?

Mais il était soudain devenu optimiste.

— Non, dit-il je crois que tout ça pourra très bien s'arranger. Et il affirma :

— Nous n'aurons pas la guerre; d'ailleurs, il n'y aura plus jamais de guerre, et c'est en quoi le progrès a du bon, car les rêves d'universelle fraternité deviendront bientôt de joyeuses réalités; et je ne désespère pas de voir les États-Unis d'Europe.

— Et ces vilaines gens; les usuriers par exemple?

— Les usuriers ne prêteront plus qu'à rire...

— Mais le péril jaune?

— Oh ! le péril jaune, nous avons bien le temps, dit-il en regardant sa montre.

— Alors, fit-elle rassurée, allons voir les poissons.

Il répondit gravement :

— L'aquarium est fermé, les poissons dorment, ils sont couchés et c'est la punition des petites filles qui arrivent en retard.

Cependant les réverbères s'allumaient et, sur la Seine, les Hirondelles s'illuminaient de clartés orangées et de feux rouges.

En suivant les pentes du Trocadéro, ils descendirent vers le fleuve et le long des quais, ils marchèrent vers Paris.

— Petite âme, lui disait-il, la consolante chimie nous enseigne que toute réaction est limitée par l'inverse réaction. Lorsque Paris trop habité sera devenu inhabitable; il y aura un retour vers les campagnes. L'infâme capital périra par le capital, car il arrivera un moment où la terre nourricière rapportera plus que le vil métal; alors, nous aurons dans le sensible Vexin une petite maison de style, *hoc erat in votis*, nous aurons un potager, un verger, une vache, et nous serons végétariens. L'excès de luxe engendre le désir de la simplicité; tu n'auras plus des dessous de soie tapageurs, mais des jupons tranquilles comme de la batiste et même de la simple toile.

Et ils continuèrent ces rêves de vie heureuse et modeste dans un restaurant très chic où ils dépensèrent beaucoup d'argent; il y avait à côté d'eux des personnages connus et des courtisanes que l'on cite, tandis qu'en haut, dans une loggia, des Tziganes en dolman pourpre jouaient des airs tristes, si tristes qu'ils avaient l'air de plaindre tous ces gens-là de l'existence qu'ils menaient.

L'ÉPOUSE RAISONNABLE

A Étienne Groslaude.

SIMONNE CARRÈS, 24 ans.
MARCEL CARRÈS, 32 ans.

Après déjeuner, dans le boudoir mauve et jonquille de la très belle et élégante Mme Carrès. Tout en arrangeant des fleurs dans une multitude de petits vases ridicules et charmants, Simonne cause avec son mari qui, nonchalamment étendu sur un divan, comme il convient dans une maison où l'on fait le café à la turque, fume des cigarettes en tâchant à faire avec la fumée des anneaux dans l'air.

MARCEL. — Qu'est-ce que nous faisons ce soir? Nous n'allons nulle part? Nous ne dînons pas en ville... nous n'avons pas de soirée?

SIMONNE. — Non.

MARCEL. — C'est extraordinaire! Alors, si tu veux, nous dînerons aux Champs-Élysées, et de là nous irons finir la soirée *dans l'avant-scène d'un petit théâtre.*

SIMONNE. — J'ai commandé le dîner pour ce soir... ça ne serait pas raisonnable du tout; et puis, pour une fois, nous pouvons bien rester à la maison; nous ferons des économies. C'est donc bien ennuyeux de passer une soirée en tête à tête?

MARCEL. — Mais tu es tout à fait raisonnable, ma chérie... tu sais bien que je ne demande pas mieux; au contraire, je suis ravi, enchanté. *(Il va à la fenêtre.)* Quel sale temps! Pourvu que nous n'ayons pas un vilain mois de juillet, c'est tout ce que je demande. *(Il se recouche sur le divan et bâille.)* Où ironsnous, au fait, cet été?

SIMONNE. — Où tu voudras.

MARCEL. — Nous sommes invités à aller en Norvège sur le yacht des Boumdihais; nous visiterons les fjords, c'est exquis.

SIMONNE. — Mais nous ne pouvons pas accepter d'aller avec ces gens-là qui sont vingt fois plus riches que nous, et nous faire payer un voyage pareil.

MARCEL. — On sera toute une bande

et chacun paiera sa part; ce sera un pique-nique. Oh! sans ça, tu comprends bien que je n'aurais pas voulu...

SIMONNE. — Oui, mais étant donnée la façon dont voyagent les Boumdilhais, nous ne pouvons pas les suivre; nous n'avons pas le moyen de figurer avec eux.

MARCEL. — Comme tu voudras. Alors nous irons en Écosse, tout seuls, au bord des lacs.

SIMONNE. — C'est encore un voyage extrêmement cher.

MARCEL. — Ne sais-tu donc pas que chez les montagnards écossais l'hospitalité se donne et ne se vend jamais? Nous n'aurons qu'à payer le chemin de fer, et nous serons logés et nourris à l'œil... c'est très chic

SIMONNE. — Tu n'es jamais sérieux. Non, pas d'expéditions lointaines.

MARCEL. — Alors, quoi? La Garenne-Bezons? Bécon-les-Bruyères?

SIMONNE. — Nous irons tout simplement chez mes parents à Frobertville.

MARCEL. Ça sera gai!

SIMONNE. — On va à la campagne pour se reposer... et puis, ça nous fera faire des économies.

MARCEL. — Dieu! que tu es ennuyeuse avec tes économies... On dirait que nous sommes *a quia*. Tiens, si nous y allions *a quia* pendant les vacances, c'est une idée.

SIMONNE. — Au train dont tu y vas, nous pourrions bien y arriver plus tôt que tu ne le penses. Il faut être prudents.

MARCEL. — Soyons prudents, mais autre part que chez tes parents. Aller à Frobertville! J'aime mieux rester à Paris, fermer les persiennes, et dire que nous sommes aux bords du lac de Côme. Justement, Faucheur y est allé l'année dernière; j'ai toutes ses lettres, je copierai des descriptions et je les enverrai à nos amis.

SIMONNE. Et tu les mettras à la poste rue Meissonier.

MARCEL. — Tiens, c'est vrai.

SIMONNE. — Nous pourrions aller dans un endroit peu connu, à Vaucottes, par exemple; il n'y a pas de casino, pas d'hôtel, personne à épater, c'est le rêve! Justement, les Lévy-Bloch n'y vont pas cette année et ils nous loueraient leur villa pour un morceau de pain.

MARCEL. — Azyme. Tu es folle... mais je la connais, la villa des Lévy-Bloch : c'est une cabane à lapins. Et puis nous vois-tu nous en aller à Vaucottes? On croira que nous sommes ruinés.

SIMONNE. — Nous avons perdu beaucoup d'argent, ces temps-ci... deux cent mille francs dans la banque Rasouard, sans compter ce que nous avons mis dans cette affaire de poudre de riz sans fumée, et que nous ne reverrons jamais : les actions sont tombées à 2 fr. 75.

MARCEL. Je sais bien.

SIMONNE. — Tu ne t'occupes de rien, toi... tu vas, tu vas, tu puises à même. Papa me parlait de tout ça très sérieusement, hier... il est enchanté d'avoir sauvé ma dot; mais il dit que si nous voulons continuer le train que nous menons, il faudra absolument que tu te mettes à travailler.

MARCEL, *se tordant*. — Ah! ah! ah! Il a l'sourire, le beau-père. Travailler!!!

SIMONNE. — Je ne vois pas ce qu'il y a là de si risible. Mon père a travaillé, lui, et rudement. Il est venu à Paris en sabots avec de la paille dedans, comme il dit, et maintenant il a du foin dans ses bottes.

MARCEL. — Ça prouve que ton père a toujours son déjeuner avec lui : c'est un homme de précaution.

SIMONNE. — Tu plaisantes... tu ferais bien mieux de faire comme lui.

MARCEL. — C'est une affaire entendue : ce soir, je reviens à la maison avec du foin dans mes bottines... tu verras. *(Elle hausse les épaules.)* Je ne croyais pas que nous étions si bas. Puisque nous en sommes réduits aux expédients, je ne demande pas mieux que de travailler. Seulement, quoi faire? Quoi?? Quoi???

SIMONNE. — Je ne sais pas, moi; tu as assez de relations... Tu pourrais bien entrer dans une administration ou dans l'industrie.

MARCEL. — Mais tout ça est encombré comme la lune. Songe qu'il y a des élèves de l'École centrale qui sont contrôleurs aux Omnibus. Et puis, me vois-tu dans un bureau? Au contentieux de la Compagnie du Gaz?... c'est la boue!

SIMONNE. — Prends une carrière libérale. Écris.

MARCEL. — A qui?

SIMONNE. — Écris, je veux dire fais des livres, du théâtre... tu as de l'esprit naturel.

MARCEL. — Oui, mais s'il est naturel, c'est comme les enfants, personne ne voudra le reconnaître. Et puis, je suis trop vieux pour commencer. Non, je ne vois pas du tout ce que je pourrais faire : je crois que je suis un inutile, un incapable.

SIMONNE. — Oh! parbleu, ce n'est pas en restant étendu sur un canapé que tu trouveras à te caser. Remue-toi!

MARCEL, *agitant les bras et les jambes.* — Voilà! voilà!

SIMONNE. — Mon cher ami, je m'en vais. Quand tu voudras parler sérieusement, tu me le diras; mais je trouve que ta conduite et ton langage sont indignes d'un homme de cœur. Comment! je t'expose la situation, et je te crie casse-cou, et toi tu blagues, tu as l'air de me prendre pour une imbécile. Tu n'as pas de cœur. Enfin, si nous avions un enfant, comment ferais-tu?

MARCEL. — Nous n'en avons pas.

SIMONNE. – Nous pouvons en avoir un.

MARCEL. — Depuis cinq ans que nous sommes mariés, si Dieu n'a pas béni notre union, il ne la bénira plus maintenant... il n'oserait pas... il se ferait sévèrement juger. Et puis un enfant, vous n'avez que ce mot à la bouche, toi et tes parents. Mais l'enfant, c'est l'accident. Tiens, sais-tu combien nous avons eu de chances d'en avoir depuis que nous sommes mariés. Oh! mon Dieu, c'est bien simple. *(Il prend son crayon et fait des calculs.)* Nous disons cinq ans à 365 jours, ça fait 1,285 jours. Nous mettons trois fois par jour en moyenne.

SIMONNE. — Tu exagères.

MARCEL. — Mettons deux fois et demie.

SIMONNE. — C'est charmant; c'est de l'arithmétique conjugale.

MARCEL. — Absolument... en Simonne combien de fois Marcel? Il y va 4,562. Ainsi, nous avons eu 4,562 chances d'avoir un moucheron; si nous n'en avons pas eu c'est que nous ne devons pas en avoir. Ce sont des chiffres, ça : 4,562 chances... 4,562,5 même?

SIMONNE, *ironique.* — Virgule cinq ça doit être pour hier. *(Elle se tord.)*

MARCEL. — A la bonne heure, ris donc.

Se tourmenter pour des questions de galette, quelle sottise! Certainement, je travaillerai s'il le faut, et de tout mon cœur. Nous avons été trop vite, nous irons plus doucement; c'est bien facile, c'est toi qui t'occupes de ça; c'est toi qui as les clefs de la caisse, tu t'arrangeras toujours; je suis bien tranquille.

Coup de timbre dans l'antichambre.

LA FEMME DE CHAMBRE. — Madame, on vient de chez la lingère apporter les chemises de Madame.

SIMONNE. — Faites entrer.

On défait le paquet, on examine les chemises, l'ouvrière s'en va.

MARCEL. — J'espère! Elles sont jolies ces chemises-là. Tu n'en avais plus?

SIMONNE. — Si... mais j'en ai vu à Denise et j'ai voulu en avoir de pareilles.

MARCEL. — Ça coûte cher?

SIMONNE. — Cent vingt francs.

MARCEL. — Les six? Ce n'est pas trop cher.

SIMONNE. — Ah! non, cent vingt francs chaque... Voyons, tu ne voudrais pas... c'est de la vraie valenciennes, tu sais. Ce n'est peut-être pas bien raisonnable...

MARCEL. — Je ne dis rien.

SIMONNE. — Oh! mon Dieu! c'est une petite fantaisie.

MARCEL. — Certainement.

SIMONNE, *câline.* — D'ailleurs, maintenant que tu vas travailler!

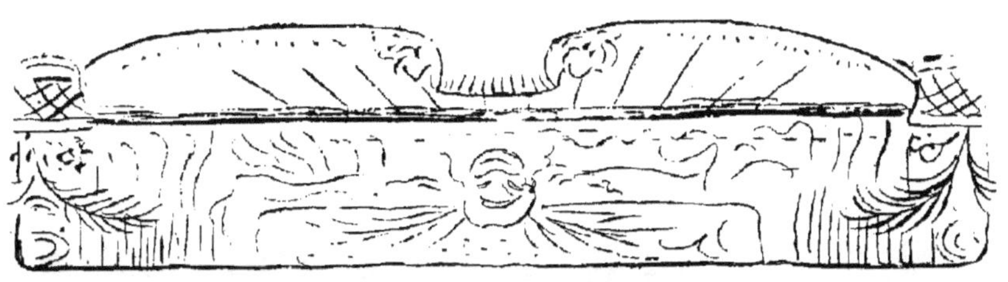

IMPRESSIONS DE PREMIÈRE

J'ARRIVE au théâtre à neuf heures; je monte sur le plateau où je trouve le directeur donnant des ordres. Il me semble qu'il m'accueille froidement. Hier soir, la répétition générale n'a pas été bonne et cet après-midi, j'ai rencontré un critique que je connais: je lui ai tendu la main tout entière et il m'a tendu deux doigts seulement, comme si j'étais un jettatore, et il avait un air gêné. Enfin, mon directeur me semble tiède, il est prudent : il veut voir comment ça marchera ce soir, et il faut attendre jusqu'à minuit pour savoir si j'ai du talent.

Neuf heures et quart. Je regarde par un des voyeurs ménagés dans le rideau : la salle se remplit lentement; tous ces gens-là me font peur et me donnent le vertige. L'opinion de chacun d'eux en particulier m'est indifférente, et de ce qu'ils sont réunis, pourquoi suis-je ému et tremblant? Pourquoi? Ah! parce que c'est la foule, sublime si elle m'applaudit, imbécile si elle ne m'applaudit pas. Notre Oncle est arrivé, il s'assied, il est installé : Il s'attend peut-être à des imbroglios, à des péripéties. J'ai envie de le prévenir, de lui dire : « Vous savez, il n'y a pas de pièce ! » Ce serait plus loyal, mais à quoi bon? il le verra bien. On arrive toujours, on va commencer.

Vite, je monte dans la loge de ma principale interprète. Comment est-elle? Depuis un mois, je ne la quitte pas. Comme un entraîneur veille sur un cheval qui va courir une grande épreuve, je veillais sur elle. Je me suis promené avec elle pour qu'elle prît de l'exercice... je lui ai défendu de se coucher tard, d'aller au théâtre, de souper, et, comme un père de comédie, s'il l'eût fallu, j'aurais éloigné les galants; mais je n'en ai pas eu besoin, et grâce à mes sages conseils de morale et d'hygiène, elle est aujourd'hui *fit and well.* Par exemple, elle a un trac fou. Ce matin, est-ce qu'elle ne voulait pas quitter Paris, s'en aller n'importe où, ne pas jouer ce soir? Eh bien! il n'aurait plus manqué que ça. Je la rassure de mon mieux, je lui donne du pull-up; mes jambes flageolent et je suis obligé de m'asseoir pour lui dire : « Du courage », et c'est d'une voix sans salive que j'ajoute : « Ça ira très... très bien. » A son tour, en me voyant si pâle, c'est elle qui me réconforte; elle me dit cette phrase effrayante : « Vous n'avez que des amis dans la salle. » Je le sais bien.

Enfin le rideau est levé : je suis dans l'avant-scène directoriale, tout au fond, caché. Je dis au directeur : « On a commencé trop tôt, la salle est à moitié vide. — Ou à moitié pleine, répond cet homme conciliant; d'ailleurs, on commencerait

IMPRESSIONS DE PREMIÈRE

Vous n'avez que des amis dans la salle.

à dix heures qu'il y aurait encore des retardataires. » C'est assommant, on entre de tous les côtés, les arrivants dérangent ceux qui sont installés, on se reconnaît, on se dit bonjour; ne vous gênez donc pas, faites comme chez vous; les portes des loges grincent, craquent, les strapontins gémissent; on n'entend pas ce que débitent les acteurs et mon directeur se tourne vers moi et me dit : « Les mots ne passent pas la rampe. » Je regarde la rampe tristement; en effet, les mots et les idées semblent remonter vers la toile de fond, où ils n'ont que faire.

Enfin, le murmure confus a cessé, on écoute, on semble s'intéresser à la pièce, lorsque, dans une avant-scène, Mlle X... fait une entrée sensationnelle; elle lance un chapeau en forme de turban. Ah ! elle choisit bien son moment. Tous les regards se tournent vers elle, cent jumelles, ô Flammarion, se braquent sur cet astre trop connu; pendant cinq minutes, on n'écoute plus la pièce et je maudis cette divine Mlle X...; je lui applique les épithètes les plus violentes, servant à désigner la plus basse des prostitutions. Mais, heureusement, l'incident n'a pas de suites, tout s'arrange, le calme se rétablit, le premier acte se termine sans encombre, la toile tombe, on applaudit, il y a même deux rappels.

Je vais dans la loge de G..., qui est comme la sacristie du théâtre. De même qu'une sacristie sert pour les mariages et les enterrements, la loge de G... sert pour les succès ou les fours, les félicitations ou les condoléances. En ce moment, c'est la cohue : chacun s'est hâté de venir après le un, en pensant qu'après le deux, ce serait peut-être plus difficile... on ne sait jamais; n'est-ce pas ? Je serre des mains de confrères, d'amis : les uns ont l'air sincèrement heureux, d'autres ont la figure ravagée par l'indulgence et la bonhomie. On me dit que Z... m'avait traîné dans la boue devant que les lampes fussent incandescentes; ça ne m'étonne pas; il n'y a pas d'heures pour les baves.

Le deuxième acte va commencer. Je regagne l'avant-scène directoriale et j'observe le public; je m'instruis sans m'amuser. C'est étrange; des choses qui n'avaient pas plu à la répétition générale semblent ce soir plaire davantage; des phrases que j'aime passent inaperçues, et des phrases que j'aime moins sont fort goûtées; les effets se déplacent, comme disait ce gentleman qui ne pouvait retrouver son paletot, précisément un soir de première.

Au balcon, en face de moi, il y a la jolie Mme K..., cette blonde exquise que je crois un peu sotte. Je l'observe pour voir si elle rira d'une scène que je trouve plaisante, elle rit, mais son mari lui parle tout bas et elle ne rit plus, elle ne bronche plus. Et je me rappelle qu'un soir, dans un théâtre où l'on jouait un drame, j'ai dit à ma femme qui pleurait : « Pourquoi pleures-tu, puisque ce n'est pas arrivé ? » Sans doute, le mari de Mme K... vient de lui dire : « Pourquoi ris-tu, puisque ce n'est pas arrivé ? » Et c'est justice.

Et je me rappelle aussi qu'un autre soir, à un drame où je pleurais, — j'étais si jeune ! — ma maîtresse m'a dit : « Ne pleurez pas comme ça, tout le monde vous regarde et vous me rendez ridicule. » J'ai continué à pleurer et elle m'a dit : « Vous n'avez pas de cœur. »

Pourquoi toutes ces choses lointaines me reviennent-elles, en ce moment, dans la pensée?

Le deuxième acte est fini, je franchis la porte de communication et je vais dans la loge de G... Il y a beaucoup de monde; on est revenu après le deux, c'est bon signe. Un de mes amis me rapporte l'opinion d'un critique, pauvre niaiserie aiguisée en pointe. Je ne m'indigne pas, je souris; c'est le rire au critique. De même, lorsqu'au lycée le professeur lisait mon devoir français, il faisait de l'esprit, à mes dépens, et toute la classe de rire et moi le premier : c'était le rire au professeur.

Plus tard, au régiment, lorsque le lieutenant m'envoyait à la salle de police, parfois il accompagnait la punition d'une facétie; et toute l'armée de rire et moi le premier. C'était le rire à l'officier.

Rire au professeur, rire au lieutenant, rire au critique, ô lâcheté ! ô d'ailleurs réciproques lâchetés !

En scène pour le trois. Cette fois-ci, c'est sérieux, et je suis plus ému que je ne saurais dire. Je reste dans la coulisse et j'écoute derrière un portant; je ne reconnais pas la voix des acteurs et il me semble que c'est une autre pièce que l'on joue. Ce troisième acte, d'ailleurs, me paraît interminable, et s'il paraît aussi long aux gens qui sont dans la salle, c'est effrayant. Cette dernière scène n'en finit pas !... Enfin, le bruit d'une lutte, des cris rauques, c'est l'étoile qui tombe évanouie. On applaudit, on jette mon nom à la foule qui ne demande qu'à s'en aller, et je reçois dans mes bras ma principale interprète, pantelante, brisée, et pleurant de vraies larmes. Je la presse contre ma poitrine d'auteur, je la soutiens, je la ramène dans sa loge, avec quelles précautions. On s'écarte sur notre passage, et en la voyant pleurer si pâle en ses vêtements blancs, un machiniste murmure sceptique : « C'est l'attaque ! »

Elle est revenue à elle, je vais remercier mes protagonistes; j'embrasse les femmes, je serre la main aux hommes, à tous je dis de bonnes paroles : « Bataille gagnée, intelligent concours », etc., etc.

Enfin, je sors du théâtre, j'ouvre la portière d'une voiture, une petite main un peu tremblante serre ma main, et une si douce voix me dit : « Eh bien ! ça a très bien marché... et puis, tu sais, moi je suis très contente. » Est-ce que ça n'est pas l'essentiel?

LES VIEUX MESSIEURS

Plus laids que des prêtres bouddhistes,
Ils s'en vont suivant les modistes
Avec des airs astucieux,
Les vieux messieurs.

Cacochymes et rachitiques,
Ils s'en vont le long des boutiques,
Lorgnant les trottins vicieux,
Les vieux messieurs.

Sur le galbe exquis de leurs jambes
Ils leur chantent des dithyrambes
Superlificoquentieux,
Les vieux messieurs.

Et les petites, dans ces rôles
D'amoureux, les trouvent rien drôles
Et pas du tout délicieux,
Les vieux messieurs.

Mais comme ils offrent des toilettes
Claires, soupers fins, des galettes
Folles, des bijoux précieux,
Les vieux messieurs,

Elles prêtent, d'un air modeste,
L'oreille et même tout le reste
De leur petit corps gracieux
Aux vieux messieurs.

Il faut beaucoup d'intelligence :
Ils sont d'une grande exigence,
Et surtout très minutieux,
Les vieux messieurs.

Ces bons vieillards aux faces blêmes
Veulent être aimés pour eux-mêmes;
Ils sont vraiment ambitieux,
Les vieux messieurs.

D'autant que leur force amoindrie
Ne leur permet plus la série :
Les excès sont pernicieux
Aux vieux messieurs.

Au bois de lit cueillant la fraise,
Une fois, oui; mais jamais treize,
Car ils sont superstitieux,
Les vieux messieurs !

Et si, dans les bras d'Eudoxie,
Ils meurent d'une apoplexie,
Dieu, vieux monsieur, reçoit aux cieux
Les vieux messieurs.

ENVOI

Roy des Églises cathédrales,
En somme, elles sont très morales,
Ces flèches que nous décochons
Aux vieux... messieurs.

RÉFLEXIONS

sur les Récompenses Scolaires

C'était la distribution des prix, par un beau jour d'été, dans les lycées de Paris. Midi sonnait à l'horloge de la Sorbonne et, la cérémonie terminée, les jeunes élèves s'étaient répandus sur le boulevard Saint-Michel avec leurs familles. Quelques-uns se redressaient littéralement sous le poids des livres et portaient, enfilées sur leur bras, les couronnes de feuillage vert ou doré, dont tout à l'heure des professeurs, des généraux, des ministres même avaient ceint leur tête, avec une indifférence émouvante; les autres, plus nombreux, s'en allaient d'un pas moins léger, bien qu'ils ne portassent rien du tout; un rassemblement s'était formé autour d'un cocher qui refusait de conduire, jusqu'à une gare lointaine, un enfant studieux et ses parents : l'enfant avait vraiment trop de livres. Et je me divertissais à cette petite scène, lorsque je crus reconnaître parmi les badauds, l'ancien élève Bouvard, mais combien vieilli et changé ! Bouvard, qui fut mon condisciple au lycée Mirabeau, aujourd'hui lycée Gambetta, autrefois lycée Louis-Philippe, toutes choses étant égales d'ailleurs.

Je n'avais pas revu mon camarade depuis que nous avions terminé nos études; nous échangeâmes les questions et les réponses d'usage après un si long temps et, comme il était accompagné d'un jeune garçon :

— C'est votre fils? demandai-je.

— Oui, c'est mon fils... élève de notre vieux lycée... un jeune camarade, par conséquent. C'était aujourd'hui la distribution des prix.

— Ah ! ah ! fis-je. Eh bien?

— Eh bien ! il n'a rien eu, dit Bouvard avec une sorte d'orgueil; pas un prix, pas un accessit; ce n'est pas le déjà nommé Bouvard, c'est le jamais nommé Bouvard, c'est le faible en thème, c'est mon fils !

« Comment, pensais-je, Bouvard peut-il

se réjouir d'une semblable calamité? » Vraiment, son attitude choquait toutes mes idées sur les récompenses scolaires. Je crus même que le chagrin l'avait rendu fou.

Bouvard devina admirablement mes pensées.

— Où alliez-vous? me demanda-t-il.

— Je rentrais chez moi.

— Je vous accompagne. Mon fils n'est pas un aigle, me dit mon ami; mais ce n'est pas non plus un cancre : ils étaient cinquante dans sa division et, d'après le classement général, il est le vingt-troi-

sième. Vais-je le lui reprocher? lui demander avec insistance : Pourquoi es-tu le vingt-troisième dans le classement général? Il ne pourrait pas me répondre. On peut donner les raisons d'être le premier ou le dernier, et au besoin le second ou l'avant-dernier; mais peut-on donner les raisons d'être le vingt-troisième? Cela échappe à l'analyse. On ne devient pas vingt-troisième, on naît vingt-troisième; il est né vingt-troisième, et j'aurais mauvaise grâce à lui en vouloir, puisque cette particularité, il la tient de moi, son père. Oui, je reconnais en lui toutes les qualités modérées du vingt-troisième : son intelligence n'est ni éveillée, ni endormie; il n'a la compréhension ni lente, ni foudroyante; il n'est pas de ces enfants qui apprennent rapidement et oublient de même, ou bien qui apprennent difficilement et n'oublient jamais. Non, il apprend assez vite, et oublie assez vite.

Il ne discute pas les informations de ses maîtres : il pousse un soupir de satisfaction, lorsque Malherbe vient enfin! Il sait, à n'en pas douter, que la différence entre Racine et Corneille, c'est que le premier dépeint les hommes comme ils sont, et le second, comme ils devraient être. Il ne s'attend pas à trouver chez les princes mérovingiens, encore barbares, une politique suivie. Aussi, je ne lui gâterai pas ses vacances par d'injustes reproches.

Il continuait : — Ah! je me rappelle, lorsque j'étais au lycée, je voyais approcher cette époque des vacances avec angoisse, avec épouvante, car, vous le savez, je n'étais jamais nommé dans aucune faculté. Mes parents se désolaient, attribuaient à la mauvaise volonté, à la paresse, aux pires instincts, ce qui n'était que prédestination sans doute, déterminisme peut-être, hérédité, que sais-je? Et ils se dépensaient en récriminations amères, en prédictions sinistres. Mais, l'année où j'échouai au baccalauréat, mes vacances furent véritablement pathétiques. Avez-vous observé que les baccalauréats, les distributions de prix coïncident parfois avec les grandes causes judiciaires et que la Sorbonne prononce alors ses verdicts en même temps que la Cour d'assises?

Cette année-là, on jugeait deux jeunes scélérats, coupables d'un horrible forfait et dont le procès faisait grand bruit. Mes parents se livraient au jeu édifiant des parallèles et, à travers certaines phrases désobligeantes, j'entendais bien que je me préparais une fin semblable à celle de ces tristes déracinés, de petite bourgeoisie somme toute, et qui, ayant reçu une certaine instruction, quittèrent leur province, vinrent à Paris, assassinèrent une fruitière et montèrent sur l'échafaud. La nuit, je rêvais que le bourreau venait me réveiller; il avait l'apparence du proviseur et la bouche pleine de citations brèves, comme les tapissiers de ces petits clous que l'on appelle de la semence. Il me disait en souriant : *Dura lex sed lex, mors ultima ratio*, et comme je lui demandais si je souffrirais : *quot capita tot sensus!* Il me conduisait sur une grande place où cent mille jeunes gens, tous bacheliers, me regardaient en ricanant, tandis qu'un père, disait à son fils : « Tu vois, mon enfant, les inconvénients de la paresse. »

Oppressé par ces souvenirs, Bouvard

se tourna vers notre jeune camarade : « O mon cher vingt-troisième! prononça-t-il gravement, je te ferai des vacances charmantes. »

Il poursuivit : — Eh bien! la vie a continué pour moi le collège. Chaque année, à la même époque, mes transes, mon supplice recommencent avec les distributions

de prix, de rubans violets, verts ou rouges; on couronne, on palme, on crucifie. Oui, c'est le collège qui continue et, comme autrefois mes parents, c'est ma femme à présent qui m'humilie en me comparant à des camarades, à des collègues mieux doués ou plus habiles. Elle accompagne de réflexions sans bienveillance la nomination d'Un tel dans l'ordre de la Légion d'honneur, et c'est d'une voix sifflante qu'elle m'annonce que Tel autre a obtenu de l'avancement. Est-il utile de vous dire que je suis dans l'Administration?

Tantôt, elle me fait honte, tantôt elle me plaint, ce qui est pire, elle me traîne dans la pitié. J'appréhende de rentrer tout à l'heure à la maison; elle va gémir de ce que notre fils marche sur mes traces; elle me citera des parents qui, obscurs par eux-mêmes, empruntent de l'éclat à leur progéniture; et, ce soir, pendant le dîner, elle enviera qu'il y ait des maisons où l'on boit à la santé des lauréats, où la mère de famille voit autour d'elle ses enfants, la tête couronnée de feuillage; elle regarde son époux et tous deux se souviennent des paroles du prêtre qui les unit : « Vos enfants seront autour de vous comme de jeunes plants d'oliviers. » Car ma femme a de l'ambition; poussé par elle, j'ai fait de la littérature, de la politique, j'ai joué à la Bourse, et je n'ai réussi en rien, je ne suis rien, je ne fais partie d'aucune société, ni même d'aucun dîner, ni de la Soupe au chou, ni de la Pomme, ni de la Poire. C'est affligeant ! Alors, tout pour moi est une cause de vexation. Vous ne pouvez pas vous imaginer le mal que me font les jour-

nalistes avec leurs enquêtes et leurs interviews. C'est habituellement à l'époque des vacances, encore, que l'on demande aux importantes personnalités de la politique, des lettres, des sciences et des arts, leur opinion sur les grandes questions qui nous divisent : la décoration des comédiennes ou le désarmement; ou bien il s'agit de nommer un prince des poètes, un prince des critiques, un général de l'armée du vice. « Ah ! remarque ma femme avec animosité, on ne te demande pas ton avis à toi; on ne s'informe pas non plus de connaître où tu passes les vacances, si tu aimes la mer ou la montagne; on ne s'inquiète pas de savoir comment tu travailles, si c'est assis, couché, ou debout; mais on demande tout cela aux autres ! »

— Et, à force de me citer les autres, de me montrer à quoi arrivaient les autres, on m'a fait gâcher ma vie à moi. J'étais né vingt-troisième; mais, depuis ma plus tendre enfance, on m'a proposé comme but de la vie d'être dans les dix premiers, si bien qu'à vouloir dépasser les autres, je ne me suis pas atteint moi-même. Je n'ai pas joui de ma modeste destinée et j'ai souffert de ma médiocrité qui, sous l'action de ce levain, fermentait.

Je vous parlais d'enquêtes tout à l'heure; précisément, ces jours-ci, un grand journal en ouvre une sur les récompenses scolaires : convient-il de les supprimer ou de les maintenir? On s'est adressé aux plus notoires écrivains et la diversité de leurs réponses démontre, une fois de plus, combien, sur n'importe quel sujet, les meilleurs esprits, dans notre pays, sont divisés, éparpillés. L'un estime que l'émulation loyale est pour les jeunes intelligences un bon entraînement au travail, surtout en France où l'on aime toujours l'honneur et la gloire. Un autre ne croit pas, d'une façon générale, que l'émulation soit un bon procédé d'éducation. Celui-ci constate que ses condisciples dont les noms revenaient le plus souvent dans les palmarès continuent aujourd'hui à occuper une place considérable dans l'élite du pays. Celui-là affirme, au contraire, que les succès du collège ne prouvent rien et n'indiquent jamais le succès futur.

Ah ! qu'il est malaisé de se faire une certitude et même un doute. Tout compte fait, il apparaît bien que les plus notoires écrivains se partagent en deux camps : les traditionalistes qui demandent le maintien des distributions de prix, et les « hommes de progrès » qui en demandent la suppression. Mais personne n'a songé à consulter les intéressés et, dans un beau referendum, à faire voter les jeunes élèves. J'ajoute qu'il serait piquant de connaître leur opinion sur le maintien ou la suppression des palmes, croix, rubans, titres dont se parent volontiers les grandes personnes, notamment les « hommes de progrès » comme il convient; ceux-ci ont vraiment trop l'air de dire aux entants : « L'émulation et la vanité, ce n'est pas pour vous, » de même qu'on leur dit : « Vous pourrez fumer et vous faire du mal, lorsque vous serez grands. » Quant à moi, j'aurais donné mon avis sur cette question le mieux du monde, mais on ne me l'a demandé en aucune manière.

— Naturellement, concluais-je, vous vous seriez déclaré pour la suppression?

— Pour le maintien, protesta Bouvard, pour le maintien. Vous ne m'avez pas du tout compris; je ne suis pas un « homme de progrès », ni un révolutionnaire, encore moins un envieux, et j'ai du sens commun. J'exige que le travail et l'intelligence soient récompensés, et solennellement. On n'imagine pas un élève qui viendrait chercher son prix à un guichet, comme un pauvre une ration de pain ou quelque vêtement. Ne créons pas le lauréat honteux. Je suis pour les distributions éclatantes des prix, et j'ai mené mon fils à celle de notre cher et vieux lycée, bien que je fusse certain d'avance qu'il n'aurait pas même un dernier accessit. Je voudrais que cette cérémonie eût développé en lui le sens de l'inégalité; car l'inégalité est une des conditions mêmes de la vie, et elle la rend possible et peut-être belle en la ren-

dant infiniment variée; on la constate en tout et partout, dans la nature entière, et parmi les pierres même, et l'homme doit l'accepter, sous peine de ne pouvoir jamais être heureux, puisque, pour rester dans le domaine physique et moral, il y aura toujours des forts et des faibles, des grands

et des petits, des bons et des méchants, des intelligents et des simples. C'est pourquoi j'ai désiré que mon fils vît, pendant trois heures, ses camarades monter sur l'estrade et en redescendre couronnés, tandis que lui-même demeurait assis sur son banc. J'ai pris des instantanés de ce symbolique spectacle; j'en composerai un bel album qu'il feuilletera pendant les vacances, qu'il feuilletera sans honte, comme sans mauvaise forfanterie, sans envie comme sans mépris. Non, non, je ne demande pas la suppression des récompenses ni pour les enfants ni pour les grandes personnes; mais qu'on ne nous fasse pas ni à mon fils, ni à moi, un grief de n'en avoir point obtenu; pour Dieu, qu'on nous laisse tranquilles! Qu'on reconnaisse, dans notre humble place, la nécessité sociale qu'il y ait des vingt-troisièmes; qu'on respecte dans notre modeste personne la loi magnifique de l'inégalité. Mon idéal n'est pas plus un prolétariat de surhommes qu'une oligarchie de primaires. Oui, je veux que mon fils s'habitue, se résigne à cette idée que le travail ne suffit pas sans les dons, ni les dons sans la chance, et que le plus grand savoir peut n'être rien du tout pour celui qui le possède sans la grâce, non pas la grâce selon saint Augustin, saint Bernard ou Malebranche, mais une certaine grâce physique presque et que je ne peux bien vous définir qu'en vous racontant un fait dont j'ai été le témoin. C'était pendant la dernière Exposition : un monsieur et une jeune dame se promenaient sur le trottoir roulant et l'homme disait à sa compagne : — Sais-tu à combien de mouvements nous participons en ce moment? A six, à ma connaissance. — Tant que ça! — Oui, d'abord, nous marchons sur ce trottoir, et d'un; ce trottoir roule, comme son nom l'indique, et de deux; et la terre accomplit sa révolution autour de son axe, cela fait trois, pendant qu'elle décrit une orbe elliptique autour du soleil, quatre, et tout notre système planétaire est entraîné vers une étoile de la constellation d'Hercule, cinq, elle-même entraînée vers l'inconnu, six. La jeune dame ouvrait de grands yeux, mais parce qu'elle regardait un beau nègre. Quand ils furent arrivés à l'endroit où ils devaient descendre, la femme sauta légèrement; mais l'homme aux mouvements ne sut pas coordonner le mouvement de descendre avec les six autres, et il fit une chute ridicule. C'est lui qui avait le savoir, mais c'est elle qui avait la grâce.

Ces propos nous avaient amenés jusqu'au seuil de ma maison — Au revoir, dis-je à Bouvard, en lui serrant la main, et merci : ce que vous m'avez dit m'a beaucoup frappé. — J'ai sans doute été prolixe, me répondit mon ami; mais je n'ai pas souvent l'occasion de donner mon avis, on ne me le demande pas; pourtant, soyez certain que notre opinion n'est pas négligeable, à nous autres vingt-troisièmes. Qui sait si notre légion sans prestige n'est pas, comme l'infanterie, la reine des batailles?

IL FAUT CACHER CERTAINES CHOSES

AR la régularité et la propreté de ses artères neuves, bordées de constructions dont plusieurs sont de véritables palais et d'hôtels luxueux qui ne laissent rien à désirer au point de vue de l'hygiène et du confort, Cannes est devenue une « ville anglaise ».

Cette constatation qu'on peut lire dans un guide français de la Provence est fertile en enseignements; aussi bien, sur le littoral, depuis Hyères jusqu'à Menton, Cannes n'est pas la seule ville anglaise, ou en train de le devenir, et sur l'alarmante petite carte qui orne la couverture de son livre, M. Demolins aurait pu border d'un trait rouge, comme possession anglaise, notre côte d'Azur. Mais, entre toutes ces villes, Cannes appartient à l'Angleterre. N'a-t-elle pas été fondée par lord Brougham, que l'on prononce Broum, auquel les Cannois reconnaissants ont élevé une statue en marbre, au centre de la petite place des Palmiers, avec sur le piédestal deux strophes de M. Stephen Liégeard? Et quand, dans la rue d'Antibes, l'ami de Simon errait, avec la migraine, très vexé de n'avoir pas envie de pâtisseries, il a pu constater que tous les magasins étaient anglais, que tous les négociants qui se respectent étaient fournisseurs de l'héritier de la couronne d'Angleterre, et que, dans une des principales chemiseries, tout était frais et joli comme le titre : *Au Prince de Galles !*

Eh bien ! non. Une chose, en outre de et bien plus que l'accent insupportable des cochers et des vieilles femmes qui vendent des fleurs sur les allées, montre que Cannes n'est pas une ville anglaise : c'est que, tout le long de la Croisette, la municipalité a édifié des urinoirs. Voilà une faute, une incongruité que n'auraient certes pas commise des Anglais; que ce soit par esthétique ou par pudeur, peu importe, ils ne l'eussent pas commise et nous découvrons encore un des points par lesquels s'affirme sur nous la supériorité des Anglo-Saxons.

J'ai fait ces réflexions l'autre jour, en me promenant sur la Croisette, à l'heure où le soleil se couche. Je contemplais un spectacle merveilleux : les montagnes de l'Estérel devenues d'un dur violet se détachaient sur un ciel d'incendie, de sang, d'or, de cuivre et de roses, tandis que, du côté des îles de Lérins, le ciel se dégradait en une teinte adorablement fondue depuis le bleu le plus chaud jusqu'au bleu exténué des turquoises malades. Et tout en marchant, les yeux éperdument levés vers le ciel, je me suis cogné contre un urinoir. Il était là, petit temple d'ardoise dont la porte s'ouvrait du côté de la mer violette, petit temple élevé à l'un des droits de l'homme que nul régime ne contesta jamais; il semblait être là surtout comme une bonne farce faite par la municipalité à l'immensité ! Et c'est cela dont nous souffrons.

Lorsqu'on arrive à Grasse par le boulevard Fragonard, au-dessus du jardin public, la première chose que l'on voit, c'est un kiosque de nécessité, construit avec un souci d'élégance qui le rend encore plus odieux ; il s'élève sur un rocher, comme un fortin ; il est insolent et provocant ; il se dresse comme un défi au panorama qui se déroule du golfe Juan à l'Estérel. Il est là et on ne voit plus que lui.

Et c'est ainsi sur toute la côte d'Azur ; il semble que c'est le principal amusement des municipalités démocratiques : dans les villes de luxe, sur la promenade élégante, elles protestent par des urinoirs. Il n'y a guère qu'à Monte-Carlo où ces endroits-là soient cachés comme à Paris, dans nos Champs-Elysées, et se dissimulent sous la floraison des géraniums et des rosiers grimpants. Mais Monte-Carlo, par son horrible palais des jeux, jette à la splendeur des soleils couchants et à ton azur, ô Méditerranée ! un défi d'autre sorte.

Et si, comme on me l'assure, c'est un effet inévitable du progrès, cela n'en est pas moins navrant, et les temps sont proches où nos plus beaux sites, en France seront déshonorés par ces petits monuments.

Que des affiches d'apéritifs ou d'eaux de table soient placardées dans chaque province sur l'humble maison du paysan ; qu'un industriel haïssable, de chaque côté d'une ligne de chemin de fer, dresse au milieu des prairies, des vignes et des forêts, des mâts où s'accrochent des pancartes d'un sale bleu et d'un rouge hargneux, c'est la réclame et nous n'y pouvons plus rien. Que l'État même, pour des sommes dérisoires, livre l'Estérel à des carriers qui éventrent des montagnes entières et ravagent une lieue de pays pour extraire quelques mètres cubes de porphyre, c'est encore très malheureux ; mais c'est l'industrie, et il faut bien paver les villes et bâtir des maisons.

Mais, de toutes nos forces, il convient de protester contre les urinoirs. Il y a là un abus et un danger sur lequel nous attirons l'attention de M. le Ministre des Beaux-Arts.

Il faudrait créer au ministère des Beaux-Arts un nouvel emploi, celui d'inspecteur national des urinoirs. Il aurait sous ses ordres des sous-inspecteurs qui, répandus dans toute la France, veilleraient à ce que les urinoirs ne se dressent pas au milieu des promenades publiques ou contre les cathédrales.

Et si le contribuable se plaint que l'on ait privé ses promenades de leurs plus utilitaires ornements, on pourra lui répondre à peu près par une des plus jolies légendes de Forain : « Un peu de courage : tu rendras à la maison ! »

Ou bien encore lui répondre ce qu'une jeune mère répondait à son enfant.

C'était l'hiver dernier, il faisait froid, et passèrent à côté de moi, sur le boulevard Haussmann, une femme très élégante et un tout petit garçon. Le petit garçon, dont le nez coulait dit : « Maman, je voudrais me moucher » ; mais enfoncée jusqu'aux yeux dans un col de chinchilla et ne voulant pas retirer les mains de son manchon, la jeune mère répondit avec quelle voix délicieuse : « Renifle, cochon ! »

Renifle, cochon ! voilà ce qu'il faudra répondre au contribuable.

PROLOGUE

de

LYSISTRATA

O Parisiennes, et vous,
Parisiens, salut à tous!

Devant que l'intrigue déroule,
Ainsi qu'un chemin montueux,
Ses mille replis tortueux,
Que son œuvre éclate ou s'écroule,
L'auteur m'envoie, en vérité,
Vers toi, public tant redouté
Monstre, Dragon, Hydre de Lerne,
Pour t'apporter quelque clarté :
Ce qui motive ma lanterne;
Et je viens, périlleux fardeau,
Soulever un coin du rideau.

Ce n'est pas une tragédie,
Remettez-vous d'un tel émoi !
Encor moins une parodie;
Car pour quel motif, dites-moi,
Chez vous la Grèce, votre mère,
Toujours, alternative amère,
Parle-t-elle en alexandrins
Qui vont, comme de grands flandrins,
Deux à deux, classiques et mornes,
Ou tombe-t-elle à des refrains
D'une irrévérence sans bornes
Et d'une bêtise sans freins?
Pourquoi Charybde Tragédie
Si près de Scylla Parodie?

Ils n'étaient pas tous des héros
Ces bons Grecs, pas plus que des pitres.
Aristote, en plusieurs chapitres
Dont j'ignore les numéros,
Le prouve de façon congrue;
Et, quand ils allaient dans la rue
C'était avant tout des humains :
Que ce fût Phèdre ou bien Oreste,
Ils avaient des pieds et des mains,
Des cœurs, des cerveaux... et le reste.
Alors, vous allez voir des gens,
Contre l'ordinaire coutume
Pareils à vous, sauf le costume;
Soyez-leur donc très indulgents.
Ils parleront comme vous-mêmes,
Et, dans leurs conversations,
Aux plus futiles questions
Mêlant les plus graves problèmes.
Que voulez-vous? L'auteur comprit
Par leurs écrits que leur esprit
De votre esprit était l'ancêtre;
Les Grecs faisaient des à-peu-près :
Par conséquent, tenez-vous prêts,
Car vous en entendrez peut-être!

Seulement ils avaient des dieux,
C'est plutôt cela qui vous manque;
C'était leur côté radieux,
Leur temple n'était pas la Banque.
Mais depuis le vieux Parthénon
Debout sur ses colonnes blanches,
Jusqu'à l'humble rocher sans nom
Perdu sous la mousse et les branches,
Chaque endroit était habité
Par la pure divinité :
Que ce fût la Nymphe anonyme
Gardienne d'une source infime,
Ou bien la Pallas-Athéné,
La sage et la victorieuse,
Veillant sur sa cité rieuse
Comme sur un bel enfant né
Sous son égide glorieuse,
Les dieux, les dieux étaient partout!
Ce n'est donc pas chose hardie
D'en mettre en cette comédie.

Maintenant, pour vous dire tout,
Je crois que les oreilles prudes
Vont subir des épreuves rudes.
Les Athéniens, gens d'un goût,
Vous l'admettrez, plutôt attique,
Dans la critique dramatique
Apportaient la bonne esthétique
Qui rit et ne se fâche pas
La pudeur était inconnue,
Et la Vérité toute nue
Au théâtre portait ses pas.
De même que dans leurs combats
Du stade, ils exposaient leurs lignes,
Sans nulle intention maligne,
Depuis le haut jusques en bas;
Ils approuvaient que la pensée
De tout voile débarrassée
Se montrât telle qu'elle était;
Et leur poète Aristophane
N'était pas traité de profane
Quand, sur la scène, il transportait
Quelques actes d'après nature;
Lorsqu'il faisait une peinture
Très rigoureuse de leurs mœurs,
Il n'excitait pas de rumeurs.
Le corroyeur, comme l'Archonte,
Ne trouvait pas étrange, non,
Qu'on donnât aux choses leur nom,
Et chacun y trouvait son compte,
Sans que jamais on empêchât
La rude franchise du maître,
Franchise qui peut vous paraître
Extrême, à vous qui nommez chat
Ce qui n'est pas du tout un chat.
L'auteur ne vous prend pas en traître,
Il vient alarmer vos pudeurs.
Salut à vous, bons entendeurs!
Il vous prévient en sa clémence,
Pendant qu'il en est temps encor.

Je vois que personne ne sort,
Je vais dire que l'on commence.

LA MORALISTE

Mme GOTTE-PLOTTER, 23 ans.
Mme DE VIZAVIH, 25 ans.
Mme TASSOT, entre 45 et...?

Chez Mme Tassot, dont c'est le dernier vendredi.

Mmes Plotter et de Vizavih qui ont reculé, reculé pour faire leur visite à la mère Tassot, comme elles l'appellent, se sont enfin décidées; mais pour que la tâche soit moins rude, elles ont convenu de la faire à deux, d'arriver et de partir ensemble.

Mme Tassot, a dû être très belle. Dans le petit salon où elle reçoit, elle tourne le dos à la fenêtre; d'ailleurs, les stores baissés tamisent le jour de façon à obtenir la lumière spéciale, dite « lumière des ruines ».

. . . .

Mme TASSOT. — Qu'est-ce que vous avez fait de beau, mesdames, tous ces temps-ci? Vous devez sortir beaucoup, vous êtes très mondaines.

Mme DE VIZAVIH. — Justement, nous n'avons pas fait grand'chose, et quoique ce soit la *season*, nous sommes restées tout le temps chez nous.

Mme TASSOT. — Vous devez vous ennuyer.

Mme PLOTTER. — Ce n'est pas gai... Enfin, heureusement que nous avons la semaine prochaine une grande soirée chez les Ohévlan.

Mme TASSOT. — Oui, j'en ai beaucoup entendu parler... il paraît que ce sera superbe, magnifique. D'ailleurs, on dépense un argent fou dans cette maison-là. Ils ont raison, pour le mal qu'ils ont eu à le gagner... s'ils étaient avares, ça serait monstrueux.

Mme DE VIZAVIH. — Pourquoi dites-vous cela ? M. Ohévlan est un homme fort honorable et qui travaille beaucoup; mais comme il réussit, qu'il gagne de l'argent, naturellement les envieux trouvent toujours quelque chose à dire.

Mme TASSOT. — Il n'en est pas moins vrai que le père Ohévlan n'avait pas une très bonne réputation et son rôle a été plus que louche dans l'affaire des Étains. Il a été cause que le colonel Alaron s'est suicidé.

LA MORALISTE

On ne lui a jamais fait la cour ; alors, elle crève de jalousie.

Mme Plotter. — Oh ! vous savez, chère madame, *on dit tant de choses*.

Mme de Vizavih. — *Il faut en prendre et en laisser.*

Mme Tassot. — Certainement, *mais il n'y a pas de fumée sans feu*; soyez tranquilles, on ne fait pas des fortunes pareilles, sans commettre quelques adroites canailleries. On ne devient pas si riche, rien qu'en travaillant honnêtement. Mon mari, qui n'est pas un imbécile, je vous assure, et qui travaille du matin au soir, est loin d'avoir des millions.

Mme Plotter. — Vous n'êtes pas à plaindre; *vous êtes dans une jolie situation*.

Mme Tassot. — Je ne vous dis pas; *mais nous n'avons pas ce qui s'appelle de la fortune.*

Mme de Vizavih. — Enfin, quelle que soit la façon dont le père ait gagné son argent, ses enfants n'en sont pas responsables, d'autant plus que les Ohévlan, dont nous parlons, reçoivent très largement, font beaucoup de bien autour d'eux, et, en somme, dépensent leur galette d'une façon très chic.

Mme Tassot. — Vous savez, ce que j'en dis...

Mme de Vizavih. — Évidemment, mais Françoise est une amie d'enfance, je l'aime comme une sœur, et je préfère que l'on ne parle pas devant moi de certaines choses qui...

Mme Tassot. — Vous défendez vos amis, rien n'est plus naturel. Et qu'est-ce qu'il y aura à cette grande soirée?

Mme de Vizavih. — C'est tout simplement un grand bal avec des intermèdes très originaux : la belle Otero, et puis Lucienne de Briançon, qui jouera *le Bain de Suzanne*, la pantomime qui a tant de succès en ce moment aux Folies-Bergère.

Mme Tassot. — Non ! Ils vont faire représenter ça chez eux?

Mme Plotter. — Mais oui... Vous savez que c'est le grand chic maintenant d'avoir ces numéros-là dans une soirée; ça se fait beaucoup, je vous assure.

Mme Tassot. — Je veux bien; il est vrai que l'on a de telles façons de vivre, de s'amuser, à présent ! Je comprends très bien, quand on veut distraire ses invités, qu'on fasse venir des acteurs et même des actrices de la Comédie-Française.

(Mmes de Vizavih et Plotter se tordent.)

Vous riez, mais je parle très sérieusement... Je vais plus loin...

Mme Plotter. — Oh ! non, arrêtez-vous.

Mme Tassot. — Je comprends que l'on fasse venir Yvette Guilbert parce que c'est une artiste et qu'elle a énormément de talent, quoique je n'aime pas toujours les sujets de ses chansons; mais ce que je n'admets pas, c'est que l'on fasse venir chez soi des grues, de simples grues : c'est une promiscuité déplorable.

Mme Plotter. — Mais non, vous exagérez.

Mme Tassot — Oui, oui, je suis vieux jeu, je retarde. Enfin, qu'est-ce qu'il y aura encore?

Mme de Vizavih. — *La Vie de Diane* en tableaux vivants.

Mme Tassot. — Est-ce que vous figurerez?

Mme Plotter. — Naturellement... nous figurons comme nymphes dans la scène de Diane surprise au bain par Actéon.

Mme Tassot. — Mais on ne fait que se baigner, dans cette maison-là; c'est dégoûtant !

Mme Plotter. — C'est très propre, au contraire.

Mme TASSOT. — Et qui fera Diane?

Mme DE VIZAVIH. — C'est Françoise Ohévlan.

Mme TASSOT. — Il faut être admirablement faite.

Mme DE VIZAVIH. — Françoise a un corps merveilleux, des jambes de chasseresse, des pieds longs et cambrés, une poitrine divine. Si vous la voyiez dans le tableau de Diane avec Endymion, elle a l'air d'une statue.

Mme TASSOT. — Qu'est-ce qui fait Endymion?

Mme PLOTTER. — C'est M. Cergy.

Mme TASSOT. — Oh! alors ce n'est pas un tableau vivant; c'est un tableau vécu.

Mme DE VIZAVIH. — Vous avez tort de dire ça.

Mme TASSOT.— J'ai tort? Allons donc! Si ça n'est pas encore fait, ça se fera, et ça sera bien fait pour le mari. Quand on tolère que sa femme se livre à des exhibitions pareilles, il faut s'attendre à tout. Enfin, il faut croire qu'il aime ça... Ça le regarde et tout est pour le mieux.

Mme PLOTTER. — Vous êtes pessimiste.

Mme TASSOT. — Mais non. Comment en serait-il autrement? Une femme qui va dans ce milieu-là est perdue d'avance. La maison est bien connue pour ça... tout ce qu'il y a à Paris de femmes faciles du monde, qui sont pires que les femmes du monde facile, s'y donne rendez-vous et y donne des rendez-vous... c'est un pince-cœurs, c'est la halle aux intrigues.

Mme DE VIZAVIH. — Oh! dites au moins le hall aux flirts, c'est plus anglais.

Mme TASSOT. — Il est joli le flirt! Il y règne un ton tout à fait grossier, absolument brutal, et les hommes parlent aux femmes d'une façon qui équivaut aux derniers outrages.

Mme PLOTTER. — Qu'est-ce qui vous a dit ça?

Mme TASSOT. — C'est Mme Létroy, qui connaît bien la maison.

Mme DE VIZAVIH. — Parbleu! cette vieille madame Létroy, elle en veut aux jeunes femmes, d'autant plus qu'elle a toujours été laide comme une horreur; on ne lui a jamais fait la cour, elle n'a même pas de souvenirs; alors, elle crève de jalousie.

Mme PLOTTER. — Elle est de ces femmes pour lesquelles les derniers outrages seraient les premières politesses.

Mme TASSOT. — C'est une femme très comme il faut, et il serait à souhaiter qu'il y en eût beaucoup comme elle, car, vraiment, je ne sais pas où nous allons. Jamais, je n'ai entendu parler de scandales comme j'en entends parler maintenant. Presque toutes ces dames ont des amants, des gigolos, des camarades, des flirts, des *fancymen*, que sais-je! D'ailleurs, les maris font tout ce qu'ils peuvent pour en faire des détraquées : ils leur apprennent tout ce qu'ils savent et elles devinent le reste; elles lisent ce qu'elles veulent, et Dieu sait si on écrit des choses raides depuis dix ans! Elles vont voir toutes les pièces, même les pires.

Mme DE VIZAVIH. — Ce sont les meilleures : les bonnes pièces sont assommantes; ce n'est pas notre faute.

Mme PLOTTER. — Mais c'est notre portrait que vous faites là ; nous protestons.

Mme DE VIZAVIH. — Vous voyez les choses trop en noir, madame Tassot ; mais c'est le défaut des générations qui précèdent de dénigrer les générations qui suivent.

Elles se lèvent. Au-revoirs. Poignées de mains. Fuite rapide. Deux minutes après, dans le coupé de Mme de Vizavih.

Mme PLOTTER. — Quelle peste, hein ? cette mère Tassot.

Mme DE VIZAVIH. — Quelle teigne !

Mme PLOTTER. — Quel vieux rasoir !

Mme DE VIZAVIH. — Elle dit du mal de tout le monde, la rosse, et elle a un aplomb !

Mme PLOTTER. — Je t'ai regardée quand elle a dit que le père Ohévlan n'était pas honnête... Et son mari à elle, qui a fait de mauvaises affaires !

Mme DE VIZAVIH. — Ce sont des gens très à côté.

Mme PLOTTER. — A côté ! Je te crois : le père Tassot a même été dedans : il a fait deux mois de prison pour banqueroute frauduleuse.

Mme DE VIZAVIH. — Et quand elle a parlé des tableaux vivants... j'ai eu une envie de rire... elle qui a montré ses jambes pendant quinze ans dans toutes les revues : car c'est une ancienne actrice.

Mme PLOTTER. — Une actrice ! pas même : une ancienne grue.

Mme DE VIZAVIH. — C'est une vieille catin ! Non, ça me met en colère qu'une femme comme ça vienne vous faire de la morale. Si on avait autant de toupet qu'elle, ça serait rudement facile de lui répondre, de lui river son clou. Mais la prochaine fois, si elle se met encore à rosser, je te promets que je ne me gênerai pas. Elle a été la maîtresse de l'oncle de mon mari et j'ai des tuyaux sur elle, ma chère, épatants. Ah ! elle trouve les femmes d'à présent détraquées... et de son temps, c'était bien autre chose. Figure-toi qu'en 1860...

LA DERNIÈRE SEMAINE

Pour Lucien Descaves.

Lorsque j'étais enfant, je marchais en regardant en l'air; ma mère me disait : « Regarde donc à tes pieds ! » Un jour, j'ai glissé sur une pelure d'orange et j'ai failli me casser les reins.

Plus tard, je me suis promené dans les campagnes avec des jeunes filles sentimentales; je regardais dans leurs yeux pour y découvrir de la tendresse, mais elles me disaient : « Regardez plutôt dans l'herbe pour me trouver des trèfles à quatre feuilles. »

Plus tard encore, comme je faisais mon voyage de noce dans le Dauphiné, je gravissais des glaciers, en regardant les âpres sommets qui nous entouraient; mais les guides me disaient : « Regardez à vos pieds, rapport aux crevasses ! »

Aujourd'hui, quand je vais dans les rues, je regarde à mes pieds, et j'ai les yeux fixés sur l'asphalte; je trouve des monnaies, des porte-monnaie que je remets au beau premier commissaire. Je trouve aussi des carnets; je les feuillette toujours, dans l'espoir d'y trouver des singularités, puis je les rapporte à leur propriétaire. Avant-hier, j'ai trouvé un calepin contenant des notes sur le passage d'une année à une autre. Il m'a paru qu'elles avaient été écrites par un célibataire un peu mélancolique; d'ailleurs, les voici :

« Dès que les baraques s'installent sur les boulevards, je suis repris par le malaise qui me prend tous les ans à pareille époque, à l'approche du Jour de l'an. »

« Paris est tumultueux, effrayant, imbécile, trop de gens se disent : « Allons voir les boutiques ! »

« Vraiment, certains étalages sont une insulte aux pauvres gens, un outrage à la misère. »

« Il y aurait, tous ces jours-ci, une grande joie à se déguiser en vilain homme. Si j'étais le loqueteux fier qui ne demande rien, je m'écraserais le nez aux vitrines de Potel et Chabot, et, symbolique voyeur, avec des yeux d'ironique convoitise, je gênerais la clientèle, les belles dames et les gros messieurs qui commandent les parfaits de foie gras, les faisans en belle vue, les dindonneaux du Mans, les zandres venus de la mer du Nord; et, devant les paniers de fruits savoureux, mangues, oranges de Jaffa, pamplemousses, ananas, cheremoyas, verts avocats, devant le gros colman venu

des forceries de l'Aisne et dont on dit qu'une grappe pèse près d'un kilogramme, par une sobre antithèse, reproche vivant, je mangerais un oignon cru ou, mieux encore, reproche mourant, je me laisserais tomber d'inanition. J'irais aussi à la porte des magasins où l'on vend des lingeries princières, des mouchoirs garnis de dentelles; je laisserais voir ma poitrine sans chemise et je me moucherais bruyamment dans mes doigts. Oh ! comme ce serait amusant de se déguiser en vilain homme. »

« Parfois, on voit des jeunes femmes arrêtées devant les vitrines des bijoutiers, fascinées. Ce grand seigneur qui, au siècle dernier, disait à son amie : « Ma chère, ne regardez pas cette étoile, je ne peux pas vous la donner », ce grand seigneur ne risquait pas grand'chose, sinon que sa maîtresse l'aimât davantage, pour s'être exprimé d'une si galante façon. Seulement, on a eu tort de rapporter les paroles de ce grand seigneur dans les recueils d'anecdotes, facéties et traits spirituels; on donne ainsi des idées fausses aux jeunes gens. Chaque fois que j'ai dit à mon amie : « Ma chère, ne regardez pas ce diamant ou ce rubis, je ne pourrai pas vous le donner », elle se l'est toujours procuré d'une manière à laquelle elle n'aurait certes pas songé s'il s'était agi d'une étoile. »

« J'ai connu un homme qui suivait les jolies femmes dans la rue, et lorsque la personne qu'il suivait s'arrêtait devant un bijoutier, il s'arrêtait derrière elle et lui murmurait : « Qu'est-ce qui vous ferait plaisir dans tout ça, mon enfant? — Ah ! disait l'enfant, cette bague est bien jolie. — Elle vous plaît? — Oh ! oui. — Eh bien ! entrez l'acheter. » Et il s'en allait froidement. »

« C'est une époque immorale : on envie trop les riches et on ne plaint pas assez les pauvres. »

« Il y a des femmes très honnêtes tout le reste de l'année et qu'on peut avoir facilement dans la semaine qui précède le Jour de l'an : cadeaux à faire aux enfants, au mari, aux femmes des gens qui protègent le mari ou lui ont prêté de l'argent pour s'établir. Oui, on peut les avoir facilement : ça se reconnaît à la façon dont elles vous regardent et dont elles se retroussent, provocations bien différentes de celles qui brillent dans leurs yeux ou frissonnent dans leurs dessous, par exemple les jours de batailles de fleurs.

« Mais ce que j'ai vu de plus triste, c'est une petite ouvrière qui retroussait sa robe d'un air timide et découvrait un lamentable jupon crevette. »

« Il pleut, il pleut; dans l'encombrement des voitures, au carrefour Montmartre, un cocher de fiacre crie : « Encore deux jours comme ça et Paris est fou ! » Cet homme est un prophète.

« Enfin, le Jour de l'an est arrivé. Comment l'éviter? Où le fuir? En quelque endroit que je me cache, quelque chose me dira que c'est le Jour de l'an. Rester couché toute la journée? Mais je saurai que c'est le Jour de l'an, et puisqu'il faut la vivre, cette abominable journée, vivons-la désespérément : je sors, je me précipite dans le Jour de l'an. »

« Je déteste la boue, et je patauge dans la boue; j'abhorre la foule, et je me mêle à la foule qui me heurte, me bouscule, me rudoie; j'aime marcher librement, et je piétine dans un flot humain, pressé entre les petites boutiques et les terrasses des cafés, car les unes n'empêchent pas les autres, et c'est lorsque les trottoirs ont besoin d'être le plus larges qu'ils sont le plus étroits.

« Jour de l'an, jour navrant quand on n'a pas de famille, odieux lorsqu'on en a. O Jour de l'an, dimanche exaspéré !

« Pourquoi se féliciter de ce qu'une autre année commence? Ceux pour qui la vie est bonne et douce doivent se dire : « Avec cette année écoulée, c'est une partie de mon existence qui tombe dans l'éternité, et j'ai fait trois cent soixante-cinq jours vers la mort. » Quant à ceux pour qui la vie est dure et mauvaise, s'imaginent-ils que l'année nouvelle va leur apporter la joie, l'amour, la richesse? Ils savent trop bien que le malheur et la souffrance sont continus et ne s'arrêteront pas à une division du temps, du Temps, du TEMPS ! »

« La nuit tombe; où vais-je dîner ce soir? Jadis, quand mes maîtresses étaient des femmes mariées, j'avais toujours une famille où passer la soirée du Jour de l'an, soit que le dîner eût lieu chez ma maîtresse ou chez ses parents, ou chez les parents du mari. Je me sentais aimé et même mieux apprécié que dans ma propre famille, lorsque j'en avais une. Aucune gêne, aucune contrainte : mon amie m'appelait par mon petit nom, les enfants m'appelaient « Tonton Georges », le mari me tutoyait et me souhaitait invariablement de faire un joli mariage et de trouver une gentille femme comme la sienne. C'était charmant et je ne songeais pas, dans le moment, à en tirer de l'ironie. Aujourd'hui, on ne m'invite plus nulle part, je n'ai plus de famille; et pourtant, ce matin, j'ai rencontré mon fils et ma fille avec leur père : ils allaient souhaiter la bonne année aux grands-parents. »

« La nuit tombe; où vais-je dîner ce soir ? Voici la belle fille blonde qui, depuis que je la connais, fait le tour de l'îlot circonscrit par le boulevard de la Madeleine, les rues Royale, Saint-Honoré, Richepanse et Duphot. C'est un excellent parcours vers cinq heures du soir, des messieurs flânent et il est bien rare que l'îlotière n'entraîne pas quelqu'un d'eux dans la rue Richepanse, toujours déserte et mal éclairée. Mais, aujourd'hui, elle n'a rien fait. « Vous comprenez, me dit-elle, les messieurs n'ont pas le temps. » Et comme je lui demande si elle tournera encore, cette année, autour du même pâté de maisons, elle me répond : « Je connais un député qui va me faire entrer au Joubert ! »

« Le ton dont elle le dit, je ne puis l'écrire. C'est du même ton qu'un jeune homme auquel je m'intéressais et qui faisait du reportage dans de vagues feuilles du soir, me dit un jour : « Je vais entrer au *Figaro !* »

— Joubert, lui ai-je demandé, n'est-ce pas ce philosophe qui a dit : « Il faut qu'une persienne soit ouverte ou fermée? » Elle m'a répondu qu'elle ne savait pas. J'ai ajouté : « Avez-vous bien réfléchi? Et ne redoutez-vous pas de vous cloîtrer à la fleur de l'âge? Certes, le métier que vous faites manque de noblesse, mais vous y conservez des apparences de liberté. »

Elle m'a répondu : « Il y a plus de dignité à attendre les hommes qu'à courir après ! »

« Elle est gentille; si je commençais l'année par une bonne action? Je l'ai invitée à dîner et je l'ai emmenée au théâtre. Nous avons vu *Sapho* avec l'admirable Réjane. Ah ! comme elle pleurait, l'îlotière !

« Elle a du cœur. »

Ici s'arrêtaient les notes du célibataire. Je lui ai rapporté son carnet; c'est une jolie fille blonde qui est venue m'ouvrir, probablement l'îlotière.

ORIENTALE

Je suis venu, pâle étranger,
Dans la ville blanche d'Alger,
Mais j'eus tort de me déranger.

Les cigarettes parfumées,
Ni les pastilles consumées,
Ne m'ont embelli les almées.

Moukères aux amples falzards
Et pacotilles des bazars
Eurent le prévu des hasards.

Une vierge peinte à la fresque,
En pleine façade mauresque,
M'a donné le mal de mer — presque.

Ni les Arbis aux blancs burnous,
Qui ressemblent à des nounous
(Saint-Fromentin priez pour nous!),

Ni devant d'étranges chambrées,
Certaines postures cambrées
De Fatmas aux gorges ambrées

Ne me reflétèrent jamais
L'Orient conté que j'aimais,
Hélas! Et plus d'une fois, mes

Illusions s'en sont allées
Au vent des paroles parlées
Par d'aucunes femmes voilées.

Un matin, pour chasser l'ennui,
Sitôt que le soleil a lui,
Vers les champs je me suis enfui.

Les Palmiers aux feuilles en lattes
Avaient, dans les campagnes plates,
Perdu la mémoire des dattes.

En passant sous les bananiers,
Les bananes, maigres âniers,
Ne pleuvaient pas dans vos paniers.

Et j'ai dit alors à mon hôte :
« O Sidi, ta sagesse est haute,
Et pour sûr ce n'est pas ta faute;

« Mais je ne vois pas les lions...
Or, j'entre en des rébellions;
C'est les lions que nous voulions !

« Où donc est le désert aride?
Où donc est le soleil torride
Et le ciel bleu que rien ne ride ?

« Où trouve-t-on ça, dis, Sidi? »
Et, grave, le Sidi m'a dit :
« On trouve ça dans le Midi. »

Frère, par ta bouche vermeille,
Oui, c'est Allah qui me conseille :
Je vais retourner vers Marseille.

Mme GIGOU, 45 ans.
M. GIGOU, 50 ans.
JEAN, domestique.

Une salle à manger confortable : vieux plats, vieilles tapisseries, buffet Renaissance. Quoique M. et Mme Gigou soient seuls à table, il y a pourtant trois couverts.

Mme GIGOU, *au domestique.* — Jean, est-ce que M. Georges a prévenu qu'il ne rentrerait pas déjeuner?

JEAN, *bégayant.* — Je... je... je n'en ai pas connaissance; monsi... monsieur Georges n'... n'... n'a rien dit.

M. GIGOU. — Vous enlèverez son couvert.

Mme GIGOU. — Voyons, mon ami, il n'est pas très en retard : nous nous mettons à table... On pourrait bien attendre encore cinq minutes...

M. GIGOU. — Pas du tout; je ne veux pas que ton fils s'habitue à prendre la maison pour une table d'hôte. *(Sévèrement.)* Jean, vous entendez ce que je vous ai dit! Qu'est-ce que vous attendez pour enlever ce couvert?

JEAN. — Mais... mais... mais je n'attends rien du tout; seulement, comme Madame est... est... propice pour qu'on ne l'enlève pas...

M. GIGOU. — C'est bon, c'est bon; faites ce que je vous dis.

Jean enlève le couvert. Petit silence. Œufs brouillés aux tomates.

Mme GIGOU, *timidement.* — Quelquefois, Georges est retenu très tard par son patron.

M. GIGOU. — Voyons, voyons, ma bonne, il ne faut pas me raconter ça : je l'ai vu, son patron; j'ai vu M. Michaud, et pas plus tard qu'hier soir... Il y a plus de quinze jours que Georges n'a mis les pieds chez lui; tu entends, Clotilde, quinze jours.

Mme GIGOU. — Est-ce possible?

M. GIGOU. — Vois-tu, ton fils est dans une mauvaise voie. Pourtant, il est bien placé chez Michaud, une des gloires du barreau moderne. Je l'ai fait entrer là comme secrétaire... il pourrait apprendre son métier; je t'en moque, il ne fait rien; il n'a pas le moindre souci de sa position, de son avenir; il serait temps d'y songer, il a vingt-deux ans.

Mme GIGOU. — C'est un enfant. Et puis, je sais bien, moi, ce qu'il y a au fond de tout cela.

M. GIGOU. — Qu'est-ce qu'il y a?

Mme GIGOU. — Il y a qu'il n'aime pas du tout ce métier-là; il me le disait encore l'autre jour, quand Michaud a fait acquitter cette coquine qui avait empoisonné son enfant et son mari. Georges trouvait cela odieux, répugnant, de faire servir son talent au triomphe de causes pareilles... Il a des sentiments si généreux!

M. GIGOU. — Enfin, c'est lui qui l'a choisi, ce métier. Dieu merci! on ne peut pas me reprocher d'avoir des idées étroites, et je comprends très bien que mon fils ne veuille pas faire ce que je fais... Moi-même je n'ai jamais voulu prendre le métier de mon père... Il était dans les huiles, je suis dans les tissus, ça ne se ressemble pas. J'admets très bien qu'on puisse avoir des goûts spéciaux, des aptitudes, en un mot, une vocation. Mais c'est lui-même qui a demandé à être avocat; alors, qu'il nous laisse tranquilles. Non, vois-tu, je vais te dire ce qu'il y a au fond de tout cela : il y a encore quelque drôlesse, quelque rossaille...

Mme Gigou fait signe à son mari de se taire à cause du domestique qui rentre. Silence. Côtelettes jardinière. Jean s'obstine à ne pas sortir : enfin, il s'en va.

Mme GIGOU. — C'est comme un fait exprès : il ne s'en va jamais, quand nous avons à parler, et quand nous avons besoin de lui, il n'est jamais là.

M. GIGOU. — Ça, c'est certain. Enfin, pour en revenir à Georges, il y a une femme là-dessous. Il n'est pas rentré cette nuit, il a encore découché, et ce qu'il doit m'en faire, des dettes!

Mme GIGOU. — Oh! ça, ce n'est rien; mais il ruine sa santé, ce qui est plus grave, et j'ai toujours peur qu'il ne finisse comme son frère, notre pauvre Maurice, qui est mort de la poitrine.

Sa voix tremble, ses yeux se mouillent.

M. GIGOU, *ému*. — Je ne suis pas un bourgeois, un père imbécile; je comprends qu'un jeune homme s'amuse... Moi-même, quand j'avais son âge... mais on peut s'amuser raisonnablement, quand le diable y serait. Mais ton fils est exagéré en tout, et pour ça comme pour le reste. Alors on paye ça plus tard.

Mme GIGOU. — Tous les jeunes gens en sont là, à moins que?...

M. GIGOU. — A moins que...

Mme GIGOU. — Eh bien! à moins qu'ils ne soient casés, comme le petit Gardon. Voilà un garçon qui faisait des orgies comme Georges et qui maintenant est rangé, et reste très tranquille.

M. GIGOU. — Il faudrait caser notre fils, c'est évident.

Mme GIGOU. — Ah! pour cela il faudrait voir du monde, mais nous vivons comme des ours dans notre coin. Il faudrait qu'il y ait de la jeunesse ici, de la gaîté; alors ce garçon resterait volontiers à la maison et il trouverait un beau jour son affaire, tandis qu'il s'ennuie ici, et ça se comprend, il va n'importe où et rencontre n'importe qui.

M. GIGOU. — Nous ne pouvons pourtant pas donner des bals comme pour marier une jeune fille.

Mme GIGOU. — Mais, sans donner des bals, on peut donner des dîners, des soirées. Ainsi font les Gardon, et c'est chez eux que leur fils a rencontré cette petite madame Valréal et qu'il a pu avoir une maîtresse dans un monde honorable, dans notre monde, une amie de sa sœur, qui ne l'affiche pas.

M. GIGOU. — Et qui ne lui coûte pas un sou.

Mme GIGOU. — Et puis, c'est une femme qui a beaucoup de tenue, qui sauve les apparences, et comme ils ne peuvent se voir que de temps en temps, de cette façon un jeune homme ne ruine pas sa santé.

M. GIGOU. — Oui, mais madame Valréal... nous ne pouvons pas y compter.

Mme GIGOU. — Naturellement, seulement il y en a d'autres...

M. GIGOU. — Tu crois?

Mme GIGOU. — Ah ! ce n'est pas ça qui manque, seulement il faut les chercher.

Rentrée de Jean. Asperges à l'huile. Petit silence. Sortie de Jean.

M. GIGOU. — C'est un joli métier que nous ferions là, mais tu n'y réfléchis pas, tu ne sais donc pas comment ça s'appelle !

Mme GIGOU. — Je ne sais qu'une chose, c'est que j'ai déjà perdu un fils qui est mort de la poitrine pour s'être trop amusé et je ne veux pas en perdre un second.

Ses yeux se remplissent à nouveau de larmes.

M. GIGOU, *très ému*. — Certainement, certainement.

Mme GIGOU, *les yeux au ciel*. — Il faudrait une femme qui nous le conserve.

M. GIGOU, *hésitant*. — Vois-tu... dans tes relations... quelqu'un qui pourrait?...

Mme GIGOU. — Comme ça tout de suite, non. Il faudrait que j'y pense, que je réfléchisse ; il y a bien Alice.

M. GIGOU. — Qui ça, Alice?

Mme GIGOU. — Je te dirai cela tout à l'heure.

Rentrée de Jean. Fromage, fruits. Sortie de Jean.

M. GIGOU. — Eh bien?

Mme GIGOU. — Eh bien ! Alice Aleuil ! je crois que ça serait justement très bien, Georges la trouve très à son goût et je crois qu'il ne lui déplaît pas... D'ailleurs, elle serait bien difficile.

M. GIGOU. — Mais elle est peut-être honnête, cette petite femme-là.

Mme GIGOU. — Peuh !

M. GIGOU. — Est-ce que tu crois?...

Mme GIGOU. — Elle a été la maîtresse de Dacier qui l'a quittée pour se marier, c'est une petite femme à consoler et qui a besoin d'aimer.

M. GIGOU. — Comment sais-tu tout ça?

Mme GIGOU. — Oh ! je suis très bien renseignée, moi, avec mon air de rien. Je sais ce que je dis, c'est un très bon parti pour notre fils, ils seront très gentils tous les deux.

M. GIGOU. — Et le mari dans tout ça, qu'est-ce que tu en fais?

Mme GIGOU. — Puisque tu le connais, ça va tout seul, tu n'as qu'à lui écrire pour les inviter à dîner.

M. GIGOU. — Mais sous quel prétexte? Il y a six ans que nous n'avons vu les Aleuil; cette invitation va les surprendre.

Mme GIGOU. — Les hommes ne sont vraiment pas malins. Monsieur Aleuil a de très grandes relations dans les chemins de fer, dans les mines, il fait partie de plusieurs conseils d'administration, dis-lui qu'il s'agit d'une place pour ton fils.

M. GIGOU. — C'est vrai. Je vais lui écrire tout à l'heure.

CIMETIÈRES

Par un sévère caprice et malgré le gai soleil, elle avait voulu, ce jour de la Toussaint, aller, non pas aux courses de chevaux, mais dans les cimetières. Comme elle l'avait déclaré à son amant, elle voulait être triste ce jour-là.

— Ne le regretteras-tu pas demain, lui avait-il objecté, quand tu liras dans les beaux comptes rendus : Intéressante réunion favorisée par un temps splendide?

Fermement elle avait répondu qu'elle ne regretterait rien, et l'amant docile s'était écrié : « Soyons tristes ! Eheu ! Eheu ! »

Ils allèrent d'abord au classique Père-La Chaise; mais elle n'y trouva pas la tristesse qu'elle cherchait. Sans atteindre au fou rire qui l'avait tordue dans le Campo-Santo de Gênes, devant un monument où un homme tout en marbre et tenant un chapeau melon à la main est représenté avec la tumeur dont il mourut, cette cité des morts lui laissa une impression de ridicule. Elle remarqua que les pierres tombales, bourgeoises et cossues, dans ce cimetière où le terrain est fort coûteux, avaient l'air de presse-papiers ou plutôt de presse-cadavres pour empêcher les chers morts de ressusciter et de soulever le couvercle, s'il se trouvait parmi eux quelque Lazare.

Devant la sépulture d'Alfred de Musset, bien qu'elle aimât ce poète, elle n'eut pas l'émotion qu'elle espérait; elle laissa le saule seul pleurer, mais elle ne pleura pas. Bref, le style des caveaux de famille, la prétention des monuments, la banalité des inscriptions, tant de mains jointes, tant de sabliers ailés l'indisposèrent, et sur la tombe d'un homme qui, sans doute, aimait les animaux, un petit chien en perles qu'on avait disposé en guise de couronne, acheva de la contrarier.

— Sortons, dit-elle, ici je ne puis être triste.

— Ah ! lui répondit-il, seras-tu triste aujourd'hui? Les bonnes gens pour signifier la pluie ou les brumes froides disent : « C'est un vrai temps de Toussaint. » Mais aujourd'hui le clair soleil illumine et réchauffe la cité des morts. Voilà une première déception : tu n'as pas pour cette visite aux cimetières un vrai temps de Toussaint et tu t'en montres justement courroucée, car le temps ne doit pas être ce qu'il est, mais ce que tu désires qu'il soit. Cependant, puisque tu veux être triste, je t'emmènerai dans un cimetière situé, en dehors des fortifications, dans une sinistre banlieue.

Il la conduisit au cimetière d'Ivry. Elle qui n'était jamais sortie des quartiers élégants et pour laquelle le Marais était déjà la Chine et la Purée, était impressionnée par les tristes boutiques de l'avenue d'Italie et par la population lamentablement endimanchée qui, avec de pauvres paquets de chrysanthèmes, allait fleurir ses morts. Et lorsqu'ils pénétrèrent dans le cimetière et qu'elle vit la multitude des petites tombes serrées les unes contre les autres, elle devint grave et dit que c'était populeux.

Ici, plus de monuments prétentieux ni de marbres bourgeois, mais des croix en bois noir, de simples entourages. Le long d'un grand mur, c'était comme le quartier pauvre de ce cimetière pauvre. Là, les tombes étaient tellement serrées que l'on comprenait qu'à quelques pieds sous la terre, les bières de sapin fragile devaient se frôler, et les bois pourrir en même temps que les chairs; on devinait d'effroyables promiscuités. Pauvres petites tombes recouvertes de terre battue, elles révélaient tant de misères que, sans les avoir connus, on plaignait tous ces gens-là, non d'être morts, mais d'avoir vécu.

Et voyant que sa maîtresse s'enivrait de mélancolie, l'amant la conduisit alors

vers un petit tertre planté de buis, de fusains, d'ifs et de cyprès aux sombres feuillages. — C'est ici, dit-il, le Champ des navets — et il lui enseigna qu'on désignait ainsi l'endroit où sont enterrés ceux qu'opéra de la vie la fraîche guillotine. — Là, poursuivit-il, c'est la fosse commune des criminels; tueurs de vieilles femmes, violeurs de petites filles, chourineurs brutaux ou assassins patients dépeçant et incinérant leurs victimes, empoisonneurs, parricides, infanticides, fratricides, avec ou sans leur tête, ils sont là..., là, et ce jeune buis dont, pour te l'offrir, je cueille une petite branche, prend peut-être ses racines dans le tronc du déraciné Lebiez ou de Marchandon qui poignarda sa bonne maîtresse.

Il était cinq heures, et du côté du couchant, le ciel devint couleur de sang. Elle eut une vision horrible et devint très pâle.

— Sortons, dit-elle, je sens que je vais me trouver mal.

Et dans le crépuscule, ils redescendirent vers Paris. Entre le cimetière et les fortifications des cabarets sordides se remplissaient de bruit; des vieilles femmes faisaient frire des poissons, en plein vent. — Ah! dit la jeune femme cette odeur me fait pleurer. Et il y avait, en effet, tant de misère aussi dans cette odeur de friture que son compagnon comprit par quelle association d'idées elle était à ce point émue, tandis que des goujons rissolaient.

Dès cet instant, devenue triste pour de bon, elle ne cessa de parler de sa mort et du cimetière où elle voulait être enterrée, et c'était un babil funéraire et charmant.

— Vois-tu, disait-elle à son ami, si j'avais vécu dans les temps anciens, j'aurais été peut-être une abbesse ou une petite princesse, et j'aurais dormi mon éternel sommeil dans une jolie église. J'aurais bien aimé ça. Mais je n'aurais pas voulu qu'on me représentât étendue,

sur une tombe avec un lévrier à mes pieds; je trouve que c'est un animal bête; non, j'aurais voulu qu'à mes pieds on allongeât un chat, parce que j'aime les chats. J'aurais bien voulu aussi être enterrée dans le vieux Campo-Santo de Pise, où il y a de la terre sainte, et les si amusantes fresques d'Orcagna; mais ça c'est impossible, il ne faut pas y songer. Alors, je voudrais être enterrée dans un cimetière de campagne; car les cimetières des grandes villes me dégoûtent; oui dans un joli cimetière de campagne, près de la vieille église et de l'humble presbytère. Là, on n'est pas les uns contre les autres, on est tranquille. J'aimerais bien le cimetière de Revel, dans les montagnes du Dauphiné, que nous avons visité un soir de juillet... Tu te rappelles, il y avait un ver luisant sur un des piliers de la porte... il semblait indiquer l'entrée; c'était, à la fois, un gardien et une veilleuse. Comme il faisait doux ce soir-là ! Et il y avait des belles fleurs dont l'air était tout embaumé.

Cette idée de cimetière de campagne lui souriait beaucoup et elle avait déjà pris ses dispositions pour l'éternité, quand elle se ravisa soudain.

— Oui, mais ce qu'il y a d'embêtant, poursuivit-elle, c'est l'hiver; il doit faire froid et puis, quand il pleut, il doit y avoir des infiltrations; j'avoue que ça m'est désagréable d'y penser. Et puis, que ce soit au Père-La Chaise ou dans le joli cimetière de Revel, une idée à laquelle je ne puis me faire, c'est que je sentirai mauvais et que je deviendrai la proie des vers, moi qui déteste ces bêtes-là.

« C'est pourquoi je me ferais volontiers crémer; mais il n'y a rien de plus imbécile qu'un columbarium; c'est administratif et vilain, et puis il paraît que, dans le four crématoire, le crâne en éclatant fait le bruit d'une boîte d'artillerie et, quoi qu'on fasse, l'odeur de chair et de graisse brûlées est insupportable. Tout ça n'est pas très commode. Alors, j'aimerais bien qu'on me dressât un bûcher, comme à Jeanne d'Arc, bien que je n'y aie aucun droit; mais pas à Rouen, dans le Midi, sur ces gros rochers rouges de la Méditerranée qui, le soir, deviennent couleur d'améthyste. Oui, un bûcher fait avec de jeunes pins maritimes tout gonflés de cette sève qui sent la térébenthine, et on y mettrait le feu par un grand vent de mistral qui attiserait la flamme et éparpillerait mes cendres dans la mer violette.

L'idée de rentrer ainsi dans le grand tout et de se mêler à l'air, à la mer, à la terre, ne la satisfaisait pas complètement : elle voulait que quelque chose d'elle restât.

— Décidément, dit-elle ; j'aimerais mieux que l'on conservât mes cendres; alors on les recueillerait dans une urne que j'aurais commandée moi-même, parce que je ne voudrais pas d'une urne qui ne me plût pas, et on la placerait au bord de la mer, sur une stèle de marbre très simple, au milieu d'un massif de rosiers d'hiver et d'été mêlés de telle manière qu'il y en ait toujours en fleurs, en n'importe quelle saison, car j'adore les roses. Je ne voudrais pas non plus qu'on représentât sur cette urne des scènes tristes; mais tu te rappelles ce beau poème d'Henri de Régnier, intitulé *le Vase?* C'est un vase comme ça que je voudrais; tu vas dire que je ne suis pas difficile : un vase où un jeune sculpteur, d'infiniment de talent, aurait enlacé des satyres, des centaures, des faunes, des nymphes, enfin, comme dit le poète :

Le tourbillonnement des forces de la vie.

SIMONNE VALRÉAL, 24 ans.
GERMAINE LAGNY, 28 ans.
PALMYRE, 40 ans.

Rue de Provence, chez Palmyre, la couturière de ces dames. Appartement bas de plafond, au deuxième sur la cour, dans une vieille maison locative.

Salon d'essayage avec une grande psyché, une monumentale armoire à glace, des fleurs artificielles sur la cheminée, des robes accrochées tout le long des murs, quelques-unes étalées sur les sièges.

Bras nus, en corset, Mme Lagny est en train « d'essayer », tandis que Palmyre, à genoux devant elle, des épingles plein la bouche, « arrondit » une jupe.

Mme Valréal regarde et donne son avis.

Mme LAGNY. — Dépêchez-vous, ma bonne Palmyre; il est cinq heures moins dix, et j'ai un rendez-vous à cinq heures près de l'Arc de Triomphe.

Mme VALRÉAL. — Oh! *il* t'attendra.

Mme LAGNY. — Certainement... d'autant plus que je l'ai prévenu que j'essayais avant de venir.

Mme VALRÉAL. — Alors, il sait à quoi s'en tenir.

Mme LAGNY. — Oh! pour ça, il ne se fait pas de bile : il m'attend bien tranquillement. Il est épatant, ce Raymond. Quel type! Dépêchez-vous tout de même, Palmyre; je ne veux pas non plus le faire poser.

PALMYRE. — Qu'est-ce que ça fait? Il peut bien poser pour vous... vous en valez la peine. Là, regardez-vous, maintenant... les hanches sont moulées!

Mme VALRÉAL. — Elle te va bien, cette jupe-là.

Mme LAGNY, *se retournant devant la psyché.* — Oui, mais elle n'est pas encore assez cloche, dans le bas.

PALMYRE, *levant les bras au ciel.* — Alors, qu'est-ce qu'il vous faut? Si vous ne trouvez pas cette jupe-là assez cloche !

Mme Lagny. — Je ne vous dis pas, mais je la veux beaucoup plus ample.

Palmyre. — Ça ne sera plus une cloche, ça sera un bourdon. (*Elle rit.*)

Mme Valréal. — Quel type, cette Palmyre !

Mme Lagny. — Justement, faites-moi un bourdon... J'adore ça...

Palmyre. — Oh ! moi, madame, je vous ferai ce que vous voudrez.

Mme Lagny. — Et puis, ma petite Palmyre, il faut absolument que vous me mettiez une seconde agrafe à la ceinture, parce que, lorsque je viens de voir mon amoureux, je ne peux jamais mettre l'agrafe.

Palmyre. — Vous êtes gonflée, ce n'est pas étonnant.

Mme Lagny. — Ça ne te fait pas cet effet-là, à toi, Simonne?

Mme Valréal. — Ne m'en parle pas, mon chou; moi, je ne peux jamais rentrer dans mon corset.

Mme Lagny. — Ça fait le désespoir de Raymond qui ne peut pas me ragrafer : il se casse les ongles, il jure comme un Templier : « Ta sacrée Palmyre ! Ces sales couturières ! Il n'y a pas de

bon sens de se serrer comme ça ! » Si tu l'entendais, ma chérie, c'est à se tordre.

Palmyre, *résumant.* — Alors, nous disons : plus cloche et deux agrafes.

Mme Valréal. — Oui, c'est ça, Palmyre, deux agrafes : l'agrafe conjugale et l'agrafe du déshonneur.

Mme Lagny. — Est-elle bête, cette Simonne !

Palmyre, *riant trop fort.* — Non, écoutez cette madame Valréal, elle me fera mourir de rire. Mon Dieu ! mon Dieu ! Quelle comédie !

Mme Lagny. — Vous n'êtes pas sérieuse, Palmyre. Surtout, faites bien attention que ma jupe ne remonte pas... comme la dernière : elle était assez ratée, la dernière, entre nous.

Palmyre, *piquée.* — Toutes ces jupes-là remontent.

Mme Valréal. — Taisez-vous donc : vous en avez fait une à Thérèse qui ne remontait pas.

Palmyre, *exaspérée.* — Mais elle essaye, elle est raisonnable, tandis que vous, comment voulez-vous que vos robes aillent? Vous ne me laissez jamais le temps... il ne faut pas que M. Raymond attende !... Alors, vous comprenez : ce n'est pourtant pas lui qui vous clochera votre jupe, M. Raymond ! Je sais bien, parbleu, vous voudriez tout : vous amuser et avoir des robes parfaites; c'est impossible ! Alors, moi je suis obligée de me bousculer; on est toujours à la minute avec vous; les épingles tombent...

Mme Valréal. — Et le héros s'évanouit.

Palmyre. — Je suis obligée de tout faire « de chic ».

Mme Valréal. — Et ça n'en a aucun.

Palmyre. — Je vous conseille de vous plaindre. Seulement, vous m'attrapez, parce que je suis une petite couturière avec laquelle vous marchandez... Vous iriez chez Jacques ou chez Léontine, vous n'oseriez pas réclamer à cause des grues qui sont là, vous payeriez ce qu'on vous demanderait, et vous seriez ficelées comme l'as de trèfle.

Mme VALRÉAL. — As de trèfle me paraît dur.

PALMYRE. — C'est vrai, vous n'êtes pas raisonnables.

Mme LAGNY. — Allons, ne te fâche pas, Palmyre : tu as un goût exquis et tu travailles comme une fée, c'est entendu. Ah ! à propos, ma vieille Palmyre, je vous ai fait envoyer de l'étoffe; vous la recevrez demain ou ce soir. *(A Simonne.)* Ma chère, aux Trois Quartiers, une occasion épatante : vingt francs la robe. Tu devrais y aller.

Mme VALRÉAL. — C'est quoi? Du crépon, de la mousseline brodée ?

Mme LAGNY. — C'est tout bonnement de la batiste avec des amours de petites fleurs. Alors, Palmyre, écoutez-moi bien : vous allez me faire une robe toute droite avec un gros bouillon dans le bas, la taille très courte, des manches à bouillons, et décolletée en carré, avec un gros bouillon tout autour.

PALMYRE, *facétieuse.* — En voilà du bouillon ! Vous allez vous noyer... ça sera ridicule.

Mme LAGNY. — Justement, Palmyre, c'est ce que je rêve. Plus ça sera ridicule, plus je serai contente, ravie, enchantée; mettez-vous bien ça dans votre vieille caboche d'Auvergnate.

PALMYRE. — Mon Dieu, mon Dieu, quelle comédie !

Mme LAGNY, *à Simonne.* — Et puis, avec ça, tu sais, ma chérie, j'aurai un grand chapeau, une espèce de cabriolet : je l'ai déjà choisi dans ce magasin, chaussée d'Antin...

Mme VALRÉAL. — Oui, oui, je sais, ils en ont de ravissants.

Mme LAGNY. — N'est-ce pas? Figure-toi que la marchande, pour me décider, m'a dit qu'elle en avait vendu un pareil à une artiste dramatique du Château-d'Eau ! *(Elles se tordent.)*

Mme VALRÉAL. — Il n'y avait plus à hésiter.

Mme LAGNY. — Tu penses ! Cinq heures et quart, je me trotte. *(Embrassant Simonne.)* Au revoir, ma vieille; au revoir, Palmyre. Ah ! au fait, je savais bien que j'oubliais quelque chose. Mon corsage mauve, il me le faut absolument pour après-demain... j'en ai besoin pour un dîner.

PALMYRE. — Oh ! mais, madame, je ne peux pas...

Mme LAGNY. — Pourquoi ?

PALMYRE. — Parce qu'il faut que je livre la robe de Mme de Vizavih; elle en a aussi besoin pour un dîner.

Mme LAGNY. — Je sais bien, c'est le même dîner. Mais, Palmyre, ne vous faites donc pas de bile, puisqu'elle mettra sa robe Empire... *(Perfidement.)* Vous savez bien, sa robe verte qu'elle s'est fait faire chez Raudnitz.

PALMYRE, *vexée.* — Oh ! bien, alors, elle attendra. D'ailleurs, elle me fait toujours le même coup. Soyez tranquille, vous aurez votre corsage.

Mme LAGNY. — Quelle scie, ce dîner ! Sais-tu combien nous serons ?

Mme VALRÉAL. — Dame, il y a déjà nous : deux ménages.

PALMYRE. — Ça fait quatre.

Mme VALRÉAL. — Non, six... Voyons, à quoi pensez-vous, Palmyre?

PALMYRE. — C'est juste : avec vous, deux ménages, six. Mon Dieu, mon Dieu quelle comédie !

CHEZ PALMYRE

Plus ça sera ridicule, plus je serai contente.

Mme VALRÉAL. — Et puis il y aura les Hardan, la belle Mme Pinson...

Mme LAGNY. — Qui chantera après le dîner.

Mme VALRÉAL. — Naturellement; un jeune homme qui arrive de Jérusalem...

Mme LAGNY. — Et qui racontera ses voyages, en disant que la Ville Sainte ressemble à Asnières.

Mme VALRÉAL. — Naturellement, il y aura le président Renaud...

Mme LAGNY. — Qui dira des saletés.

Mme VALRÉAL. — Naturellement... enfin, nous devons être vingt-quatre !

Mme LAGNY. — Ça sera charmant. Je me sauve: tu ne viens pas avec moi, mon loup?

Mme VALRÉAL. — Oh ! non, mon chou, il faut absolument que j'essaye.

PALMYRE. — A la bonne heure.

Exit Mme Lagny.

Mme VALRÉAL. — Elle est un peu toquée cette Germaine.

PALMYRE. — Par quoi commençons-nous? Par le collet ou par le boléro ?

Mme VALRÉAL. — Ma pauvre Palmyre, je n'ai absolument pas le temps d'essayer quoi que ce soit aujourd'hui.

PALMYRE. — Mais... vous venez de dire...

Mme VALRÉAL. — Demain, sans faute, à deux heures... toute la journée si vous voulez. Ne pleurez pas. Avez-vous quelque chose pour Mme Bastide? Elle n'a pu venir aujourd'hui, elle m'a chargée de rapporter ses lettres, s'il y en avait.

PALMYRE. — Il n'y a rien du tout.

Mme VALRÉAL. — Surtout, ne parlez pas de tout ça à Germaine.

PALMYRE. — Oh ! je ne dis jamais rien.

Mme VALRÉAL. — Ce n'est pas que Mme Bastide se méfie d'elle; c'est son amie... mais elles peuvent se fâcher, et Germaine est si rosse ! Au revoir, Palmyre... Ah ! j'oubliais : il me faut mon corsage rose pour après-demain..., j'en ai absolument besoin pour ce dîner.

PALMYRE. — Et celui de Mme Lagny !... vous avez entendu, tout à l'heure ?

Mme VALRÉAL. — Ne vous faites pas de bile... je sais qu'elle doit mettre sa robe noire dans laquelle elle a l'air d'être en chemise... tandis que moi, c'est sérieux, je n'ai absolument que ça à me mettre. C'est entendu, n'est-ce pas? Ah ! autre chose : ma mère doit venir me prendre ici, dans une heure et demie, à sept heures. Vous lui direz que je viens de m'en aller, et vous vous étonnerez qu'elle ne m'ait pas rencontrée dans l'escalier, vous comprenez ?

PALMYRE. — Oui, enfin, comme l'autre fois?

Mme VALRÉAL. — C'est ça, Palmyre, c'est ça. Au revoir, n'oubliez pas mon corsage !

LE 14 JUILLET

A Bazih.

Vois-tu la longue ribambelle
Des gens bras dessus, bras dessous?
Certes, la fête sera belle :
Tous les faubourgs sont déjà saouls.

Vois-tu ce monsieur qui frétille
Là-haut? C'est ce bon Gorgibus;
Ne pouvant prendre la Bastille,
Il en prend du moins l'omnibus.

Vois-tu cette foule accourue
Autour des géants d'autrefois
Dressés au coin de chaque rue?
C'est Petrolskof, c'est Pipe en bois,

Ou quelque autre grande figure
Choisie avec un tel bon sens
Que deux bronzes qu'on inaugure
Ne peuvent se regarder sans

Rire. Le peuple-roi s'amuse
En de tricolores fracas;
Ce bruit mariannesque, ô Muse,
Froisserait tes sens délicats.

Pour t'envoler à quelques lieues,
N'entre-t-il pas dans ton concept
De prendre devers les banlieues
Un train de neuf heures dix-sept?

Vers les grands parcs peuplés de marbres
Dressant leur blanche nudité,
Et vers les forêts où les arbres
Ne sont pas de la liberté!

Loin du tumultueux asphalte
Où Paris hurlant se hâtait,
Loin, très loin, nous avons fait halte,
Et sous les bois calmes c'était

Comme une ivresse reposée,
Comme un rêve à peine conçu:
Pour ne pas mouiller de rosée,
Toi, ta robe de fin tissu,

Et moi mon pantalon superbe,
Nous avions jeté nos manteaux
Avant de nous coucher sur l'herbe
Où nous étions sentimentaux.

Les oiseaux dans leurs chants de fête
N'exigeaient pas qu'un sang impur
Abreuvât leurs sillons; ta tête
Adorable reposait sur

Mon bras et des senteurs berceuses
Confusément venaient à nous;
Des bêtes, fines connaisseuses,
Grimpaient le long de tes genoux.

Tu riais ton rire sonore
Qui faisait rire les échos,
Et dans tes fins cheveux d'aurore
Tu mettais des coquelicots

Rouges, des marguerites blanches
Entremêlés de bleuets bleus;
Et moi je baisais tes mains blanches,
Ta lèvre rouge et tes yeux bleus.

Tu me chantais de ta voix grave
Ton répertoire de chansons;
Des merles sifflaient à l'octave
Dans le mystère des buissons.

Puis le soir vint : des ombres douces
S'endormirent sur les gazons.
Déjà l'émeraude des mousses,
Le vert tendre des frondaisons,

Toute la forêt séculaire
Rassemblait, éparse dans l'air,
Sa chemise crépusculaire,
Tandis que la lune au ciel clair

Montait. Tout là-bas, des fusées
Jaillissaient vers le firmament,
Puis s'éparpillaient irisées!
Alors tu me dis simplement :

« Voici l'heure du sacrifice. »
Et je vis s'allumer des feux
Dépouillés de tout artifice,
Dans l'azur profond de tes yeux.

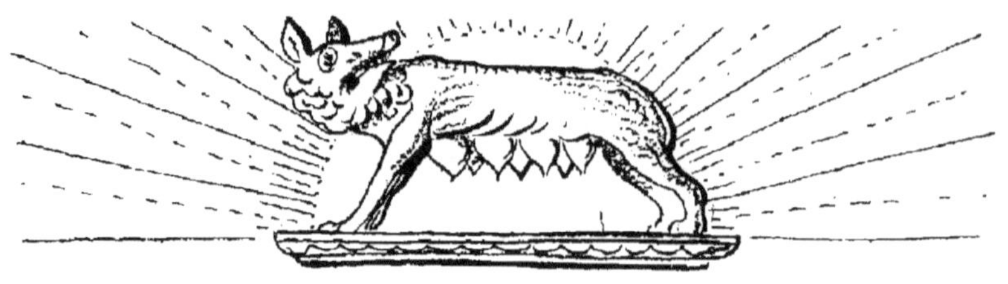

MADAME FOULE

C'ÉTAIT mardi dernier; je me promenais badaudement et je m'étais engagé dans l'avenue de l'Opéra, pleine de gens qui regardaient les préparatifs, lorsque, au bas d'une colonne que surmontait une louve dorée aux mamelles impressionnantes, je rencontrai une jeune femme qui paraissait en proie au plus vif rayonnement : elle riait et ses dents brillaient, ses yeux étincelaient, ses joues flambaient.

C'était Mme Foule. Depuis une dizaine d'années, voilà bien la cinquième fois que je la rencontrais ainsi dans la rue et, chose étrange, chaque fois que je la rencontrais, il y avait des drapeaux étrangers aux fenêtres des maisons, du velours rouge à crépines d'or au balcon de l'Opéra et, le long des boulevards, des mâts avec des oriflammes et des girandoles.

Mme Foule était toujours la même, jolie à la façon spéciale des Parisiennes : nez retroussé, cheveux d'un blond doré, yeux malins et tendres, bouche fraîche et voluptueuse, petites mains, petits pieds. Elle avait un petit costume tailleur « tout ce qu'il y a de plus simple, ma chère », et elle était coiffée d'un coquet feutre gris, orné d'une plume de bersaglier.

— Comment diable faites-vous, madame Foule, lui dis-je, pour être toujours aussi jeune? Vous ne vieillissez pas. Quel âge avez-vous?

Elle me répondit sans hésiter :

— J'ai vingt-cinq ans.

— Mais rappelez-vous, lorsque les officiers russes vinrent à Paris et que l'un d'eux, un beau garçon à barbe blonde, vous souleva dans ses bras et vous embrassa aux acclamations de tout un peuple, vous aviez déjà vingt-cinq ans; c'était en 1893 pourtant et, aujourd'hui, vous avouez le même âge.

— Sans doute, ne se démonta-t-elle pas, est-ce que vous me prenez pour une girouette?

Et elle ajouta :

— Ce n'est pas comme vous; vous grisonnez, mon cher... ce n'est pas étonnant d'ailleurs, vous avez toujours l'air d'un qui s'embête à mort... c'est ça qui vieillit! Ça ne vous amuse donc pas de voir tout ce monde et les préparatifs des fêtes? Ah! vous n'avez vraiment pas l'air que le roi et la reine d'Italie arrivent demain.

— Toujours jeune, madame Foule, lui répondis-je, vos éternels vingt-cinq ans se réjouissent à la vue des mâts, des oriflammes, des girandoles, et du velours rouge à crépines d'or; mais je suis un vieil homme que les fêtes, leurs lendemains et leurs veilles rendent triste infiniment.

— Pensez-vous ! fit-elle.

— Je pense que des lampions allumés ne font pas le bonheur d'un peuple, comme dit Fantasio à l'envoyé du prince de Mantoue. Je revois une vieille gravure d'une *Illustration* de 1859 où des dames à crinoline sont représentées qui s'élancent au-devant de nos soldats avec des gros bouquets, « car les dames, dit un chroniqueur du temps, se sont fait remarquer par l'exaltation de leurs sentiments ; l'héroïsme n'est jamais mieux fêté que par le beau sexe ». Et cela s'appelle : *Retour des troupes d'Italie.*

C'est la dernière fois que vous avez vu revenir des troupes victorieuses, toujours jeune madame Foule, car en 1859, vous aviez vingt-cinq ans.

Et je ne sais rien de plus touchant et de plus mélancolique que cette vieille gravure. Non, la crinoline n'est pas le symbole d'une époque de corruption, mais bien plutôt d'une société insouciante qui jouait aux cerceaux... sur un volcan ! Je pense qu'en 1887, à Naples, ayant eu une discussion avec un cocher, je faillis être lapidé par des Napolitains francophobes qui avaient reconnu, à mon accent, que j'étais Français. En ce temps-là un mauvais homme, « il signor Crispi » excitait nos frères latins contre nous. Je pense au décevant va-et-vient des alliances et des rancunes, des sympathies et des haines nationales. Je pense à l'humeur changeante des rois et des empereurs.

— Tout ça, dit madame Foule, c'est des boniments à la graisse de chevaux de bois...

Et par là je compris que mon discours l'ennuyait. Certes, elle connaissait Solférino, Magenta, parce que c'est des noms de victoires, mais elle ignorait Crispi. Aujourd'hui, Mme Foule était franco-italienne, voilà tout. Et, comme je l'avais vue, avec le même élan, franco-russe et franco-anglaise, je lui demandai :

— Qu'est-ce que vous êtes, au juste ?

Mais elle me répondit :

— Je suis franco-ceux pour qui l'on pavoise et illumine.

C'était net.

— Ce n'est pas tout ça, reprit-elle ; le roi et la reine d'Italie arrivent demain : irez-vous les voir ?

— Je ne sais pas.

Elle s'indigna :

— Comment ! vous êtes à Paris et vous n'irez pas les voir ?

— Peut-être irai-je ; je suis invité sur un balcon, chez des amis qui demeurent avenue du Bois.

— Il faut y aller, ordonna Mme Foule. Moi, je ne connais pas des gens à balcon ; mais je *les* verrai tout de même... En tout cas, vous me raconterez vos impressions.

— Où vous retrouverai-je?

— Toujours sur le passage des souverains.

C'était vague. Et pourtant, je la retrouvai. Je la retrouvai jeudi soir, à sept heures, rue Royale. Elle attendait le passage du cortège qui devait se rendre au gala de l'Opéra.

— Eh bien! me dit-elle, vous êtes allé sur votre balcon?

— Oui, je me suis trouvé avec des gens charmants; mais je n'ai rien vu.

— C'est bien fait, il fallait venir avec moi. J'étais grimpée dans l'arbre, vous savez, dans l'arbre qui fait le coin de l'avenue Marigny et des Champs-Élysées. Ah! j'étais aux premières loges. Je ne les ai pas vus, d'ailleurs, rapport aux cuirassiers qui entouraient les voitures; mais n'est-ce pas quelque chose que de voir des cuirassiers derrière lesquels il se passe un roi et une reine? Et puis, les piqueurs, précédant les calèches attelées à la daumont, cette escorte de cavaliers, ça avait grand air. J'étais très satisfaite.

— Et vous avez crié : Vive le Roi! vive la Reine!

— Naturellement.

— Une question, madame Foule : vous êtes républicaine?

— Pensez-vous! et bonne républicaine, je vous assure; mais ça n'empêche pas.

— Et vous aimez les attelages à la daumont, les perruques poudrées, les habits galonnés!

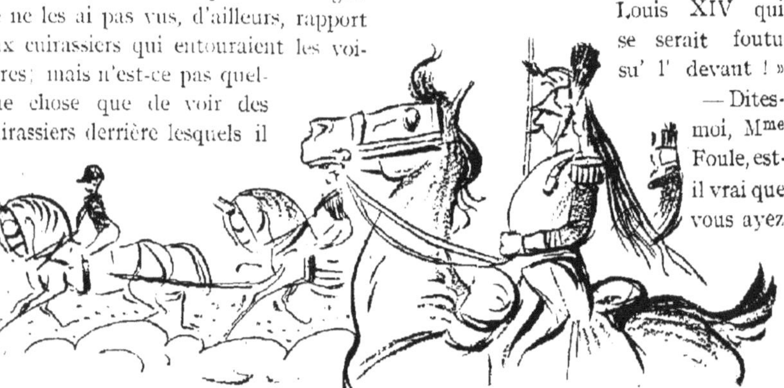

— C'est-à-dire que j'en raffole.

— Vous savez pourtant que ce sont les vestiges d'un régime abhorré. Mieux que la crinoline, le piqueur Troude est un symbole.

— Je ne vous dis pas; mais quand on reçoit un roi et une reine, il faut être à la hauteur; on ne peut pourtant pas les faire monter dans un omnibus funéraire!

Je m'étais attiré une sévère réponse. C'est que Mme Foule, républicaine, a un vif sentiment du prestige national. Lorsqu'en 1896, le Tsar descendait l'avenue des Champs-Élysées, dans une calèche où le Président Félix Faure était assis en face de lui, c'est elle qui fit cette remarque : « C'est égal, c'est pas Louis XIV qui se serait foutu su' l' devant ! »

— Dites-moi, Mme Foule, est-il vrai que vous ayez fait à nos hôtes actuels un accueil plus chaleureux qu'au roi d'Angleterre, lors de la visite dont il vous honora, au dernier mois de mai?

— C'est des potins. Comment voulez-vous que je vous réponde? J'ai crié et quand on crie, on crie toujours tant qu'on peut! Quand on crie moins fort, c'est qu'on a quelque chose dans le gosier. Maintenant, il faut tout dire, Edouard n'avait pas amené sa « dame », tandis que Victor a amené la sienne. Alors, vous comprenez, quand il y a une femme, ça fait tout de même une différence, surtout lorsqu'elle est jolie. Quant à Nicolas, il avait amené sa « dame et ses gosses »... alors, c'était du délire. Enfin, l'Italie, c'est la nation sœur.

— Et la Russie?

— C'est la nation alliée.

— Et l'Angleterre?

Mme Foule réfléchit quelques secondes et dit simplement :

— Aôh ! yes, roastbeef, plum-pudding !

Et ce jour-là, je ne pus en savoir davantage. Le cortège allait passer et elle ne répondait plus à mes questions.

Le lendemain et le surlendemain, je revis encore Mme Foule. Elle ne se lassait pas d'être sur le passage des souverains. Elle prétendait même que nos illustres hôtes avaient fini par la reconnaître, que le roi la saluait — militairement — et que la reine lui souriait — affablement. J'eus bien garde de la détromper. Elle ne put les suivre à Versailles ni à Rambouillet; alors elle se promenait sur les boulevards et dans les rues magnifiquement décorées. Elle achetait les portraits du roi et de la reine, des cocardes et mille emblèmes franco-italiens. Elle écoutait, transportée, les chanteurs ambulants, ténors à la voix grasse qu'une maigre musique accompagne, et qui, sous un ciel gris d'octobre, chantaient le printemps et l'amour. Elle reprenait avec eux, d'une voix un peu tremblante, les refrains des romances. Elle ne lisait pas, dans son journal, les commentaires de la presse étrangère; elle n'y cherchait que des itinéraires et la description des toilettes de la reine. Pourtant, les dépêches de félicitations échangées entre les chefs de gare l'avaient charmée.

Samedi soir, elle admirait les illuminations. Ces quatre journées de fêtes, les fanfares de la retraite aux flambeaux l'avaient montée à un extraordinaire diapason. Elle regardait les jeunes gens, surtout ceux à moustache brune, avec des yeux plus brillants que les lampes électriques multicolores. J'eus la sensation très nette que, sentimentalement, Mme Foule était sous pression. Je devais en acquérir bientôt la certitude.

Je lui demandai :

— Allez-vous demain à la revue?

Elle me répondit :

— Penses-tu que je vais manquer ça !

Maintenant, elle me tutoyait.

En effet, dimanche matin, elle était à Vincennes, et l'après-midi, dans Paris, sur le passage des troupes qui regagnaient leurs quartiers.

Elle acclamait tour à tour les dragons aux crinières flottantes, les lourds cuirassiers, les chasseurs légers. Elle agitait son mouchoir, envoyait des baisers aux officiers, criait : « Vive l'armée ! Vive la France ! Vive l'Italie ! » et même : « Vive la Russie ! » Elle confondait tout. Elle pleurait même ; mais, tout à coup, elle se retourna et dit à travers ses larmes et sans courroux :

— Avec tout ça, on me pince les fesses.

A ce moment précis, les premiers zouaves passaient... les zouaves ! Elle salua le drapeau de Palestro.

Et derrière elle, un jeune homme qui avait l'air d'un pinceur, souriait avec fatuité.

Les derniers zouaves étaient passés.

Alors, Mme Foule se retourna en souriant vers le jeune homme. La conversation s'engagea et, sans me dire adieu, elle disparut avec lui. Ce petit incident m'avait éclairé merveilleusement sur l'état d'âme de Mme Foule, composé d'un patriotisme ardent, d'une enthousiaste courtoisie envers nos hôtes et surtout, surtout, d'un impérieux besoin de rigolade.

LE JEUNE HOMME TRISTE

Il était laid et maigrelet,
Ayant sucé le maigre lait
D'une nourrice pessimiste,
Et c'était un nourrisson triste.

Au lycée, il suivit des cours,
Et fut aussi fort en discours
Latin que subtil helléniste;
Mais c'était un élève triste.

Pour mieux passer ses examens,
Il se refusait aux hymens
Que conseille l'hygiéniste;
C'était un étudiant triste.

Faisant de l'amour un solo,
Il s'amusait comme Charlot;
C'était un de nos bons solistes,
Mais toujours triste, ah! combien triste!

Il fut reçu docteur en droit,
N'ayant jamais, à ce qu'on croit,
Connu la fleur ni la fleuriste,
Et je ne sais rien de plus triste.

Et, quand il voulut un beau jour
Mordre à la pomme de l'amour,
Il tomba sur une modiste,
Qui le trouva tellement triste

Qu'elle le trompa sur-le-champ
Avec un professeur de chant
Qui possédait le genre artiste :
Alors il fut beaucoup plus triste.

La politique le hanta,
Le boulangisme le tenta,
Puis il se fit opportuniste;
Mais il était toujours très triste.

Comme il ne s'y trouvait pas bien,
Sa devise fut : « Tout ou Rien ».
Il devint donc toutourieniste;
Mais il était toujours très triste.

Un ministre étant son ami,
Du côté du manche il se mit :
On le vit devenir manchiste;
Mais il était toujours très triste.

Le ministre ayant fait un bond,
Alors il se dit : « A quoi bon? »
Mais pour être un aquoiboniste,
Hélas! il n'en fut pas moins triste.

Et quelque chose qu'il tentât
Dans l'Art, dans l'Amour, dans l'État,
Il était quelque chose en iste
De triste, triste, triste, triste.

Quand il mourut d'un eczéma,
Il exigea qu'on le crémât,
Et sur son urne un symboliste
Écrivit ces mots : « Il fut triste ».

LES VOYAGES

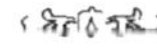

Nous avions quitté Jumilhac-le-Grand, et nous pédalions dans la direction de Thiviers; nous descendions la jolie vallée de l'Isle, lorsqu'un cycliste, venant en sens inverse et avec une vitesse insolente, ne put éviter une vache qui traversait la route, et il culbuta : « Ah! ah! voici des ailes! » dit négligemment Adhémar. Nous étant assurés que l'homme n'avait rien, nous poursuivîmes notre route.

— Il aurait pu se faire grand mal, observa Adhémar, mais que la chute de cet imprudent nous serve du moins de leçon, et nous incite à rouler aux sages allures. Soyons des cyclistes intelligents; n'imitons pas ceux-là qui, penchés sur leur guidon, bouffent éperdument des kilomètres. En vain, ils traversent des pays merveilleux, ils ne voient que leur roue qui tournoie et la route qui poudroie. Nous, au contraire, patients dans les montées, prudents dans les descentes, nous n'écrasons pas les enfants et les femmes; nous évitons les pierres et les clous de route; nous ne sommes pas les bourreaux de nous-mêmes et de nos pneus; mais nous savons comprendre leur enseignement, car ils nous disent à chaque tour : « Frère, il faut crever. » Aussi, mieux que de vitesse vaine, nous nous enivrons du paysage, de ces vertes prairies, de ces collines aux pentes boisées, de cette rivière qui coule sombre et pourtant limpide au fond d'une fraîche vallée. Ainsi, nous pouvons visiter ce beau pays, nous arrêtant où bon nous semble, repartant à notre fantaisie. Voilà ce qu'a permis l'admirable invention de la bicyclette!

Et, lyrique soudain, il déclama des vers qu'il avait composés en l'honneur de sa machine :

Métallique amie au sourire de nickel,

. . . .

Cependant, nous avions dépassé Thiviers et nous roulions vers Brantôme. Adhémar, géologique tout à coup, s'écria :

— Nous avons quitté le Limousin et

ses schistes et nous entrons dans le Périgord... Vois-tu affleurer les granits?

Par sa célèbre abbaye, malheureusement restaurée avec une intelligence toute cantonale, par son vieux clocher bâti au temps de Charlemagne, par son pont à angle droit jeté sur les deux bras de la Droune, par ses vieilles petites maisons et ses grottes habitées, Brantôme nous charma.

Comme, après déjeuner, nous nous étions assis au bord de la rivière, sous les ormeaux séculaires des Fossés, et que nous regardions des familles nombreuses de canards qui remontaient le courant, Adhémar me dit :

— Quel calme ! Et quelle attendrissante simplicité ! Nous devrions demeurer ici toujours. Ce serait de la bonne décentralisation, et puis l'on vit pour rien à Brantôme ; c'est le paradis des capitaines en retraite ; avec quinze cents francs, on est un bourgeois considéré. A propos, je me rappelle que j'ai, pas très loin d'ici, un cousin qui sera ravi de nous voir. Si tu veux, au lieu d'aller à Bourdeille, ce soir, et d'y coucher, nous irons chez mon cousin et nous lui demanderons l'hospitalité. Tu connaîtras un homme exquis et tu dîneras merveilleusement, car tu peux t'imaginer aisément quelles doivent être la cuisine et la cave d'un homme qui possède un domaine près de Brantôme et des métairies dans les environs de Nanteuil; c'est-à-dire qu'il réunit sur sa table les produits du Limousin, cette contrée où la châtaigne donne la main au cèpe, et ceux du Périgord, ce pays où la noix donne la main à la truffe, si j'ose m'exprimer ainsi. Et si les théories de M. Demolins sur l'influence sociale des productions du sol sont vraies, songe quel homme étonnant doit être mon cousin, puisque, par l'élevage des bœufs et des moutons, il vit de l'art pastoral; par le châtaignier et le noyer, il vit de la production fruitière arborescente ; par le maïs et les céréales, il vit de la grande culture et, de plus, il est vigneron et truffier ; nous devons donc trouver un homme particulariste et communautaire, simple et frondeur, routinier et entreprenant, granitique et schisteux.

Nous remontâmes sur nos bicyclettes et, un quart d'heure après, nous entrions dans la cour du château de M. de la Chastaigneraie ; c'était une petite construction en bon style du seizième siècle, avec des lucarnes ornées, et cet heureux mélange de pavillons carrés et de tourelles en poivrières qui rendent si pittoresques les vieilles habitations de ces pays.

M. de la Chastaigneraie fut très ému en revoyant son cousin. C'était un homme d'une quarantaine d'années; un nez busqué, un front haut, des grands yeux vifs le faisaient assez ressembler à Pierre de Bourdeille, dont nous venions de voir le buste ornant la façade de la délicieuse fontaine Médicis, à Brantôme.

Nous fîmes naturellement le tour du propriétaire; nous marchions au milieu des luzernes, des maïs, des betteraves et des vignes et, étant arrivés dans un bois de châtaigniers centenaires, nous contemplâmes le coucher du soleil. Il sembla qu'à l'Occident des métaux entraient en fusion, puis se refroidissaient rapidement jusqu'à prendre une uniforme teinte orangée, tandis que du côté opposé, dans un ciel d'un bleu pâle et comme exténué, un mince croissant de lune apparaissait, et une seule étoile. Parfois, une châtaigne mûre se détachait de la branche et faisait un bruit de soie froissée en tombant à travers les feuilles, puis un bruit mat en arrivant sur le sol couvert de bruyères, d'ajoncs en fleurs et de fougères mordorées. Nous nous taisions; Adhémar dit simplement :

— Une grande mélancolie descend sur la Guyenne.

Le dîner fut succulent, ainsi que l'avait prévu Adhémar; et en buvant un vieux vin récolté sur la propriété même, il dit à plusieurs reprises : « Je sens couler en moi l'âme même du Périgord. »

M. de la Chastaigneraie et son cousin parlèrent de leurs souvenirs d'enfance et de leurs camarades de collège, à Périgueux. Presque tous avaient quitté le pays. Beaucoup de nobles, ruinés, avaient été obligés de vendre leurs demeures familiales aux juifs des grands centres qui s'achètent, de la sorte, une tradition. C'est ainsi que le vieux château de V... appartient, aujourd'hui, à un parvenu qui menait grand équipage, conduisait à quatre dans les rues tortueuses et sales de la petite ville, sonnait de la trompe sur sa terrasse, et avait fait installer une rampe de gaz entre les deux tourelles en poivrière. D'autres, au contraire, étaient venus à Paris où, grâce à leur intelligence, à leur subtilité, à leur bonne mine, ils avaient brillamment réussi dans les arts, les lettres et la politique.

— Ah! me dit notre hôte, ce sont ceux-là qui dernièrement sont venus ici, faisant grand bruit, et toujours entre deux vins d'honneur. Mais à qui feront-ils croire qu'ils aiment tant que ça leur pays?

Est-ce aimer son pays que de l'abandonner, et d'y revenir seulement parce qu'on a joué à Paris une pièce dont le héros est de Bergerac et qui a eu du succès?

Ah! monsieur, je ne pourrais pas vivre ainsi loin de ma petite patrie, et comme on dit d'une femme amoureuse qu'elle a son homme dans la peau, j'ai mon pays dans la peau. Je ne suis venu qu'une fois à Paris; c'était en 1889, pendant l'Exposition...

J'ai étouffé sur la place de la Concorde et dans le Champ de Mars et, la nuit, dans mon humble et coûteuse chambre d'hôtel, j'étais oppressé comme une femme nerveuse sous un tunnel... j'avais peur de manquer d'air... Aussi, je suis revenu ici bien vite, et avec quelle joie!

Oui, ajouta-t-il, on a grand tort d'abandonner la terre : mon grand-père avait coutume de dire qu'elle est non seulement la nourrice mais l'éducatrice, et j'ai compris qu'il avait raison. Tenez, monsieur, j'ai découvert dans un vieux coffre, au grenier, des cahiers où mon grand-père écrivait ses achats et ses ventes, ses recettes et ses dépenses. Eh bien! chaque soir, avant de m'endormir, j'en lis une ou deux pages. Autant que les cahiers généraux de nos provinces peuvent passionner l'historien, petit-fils de la Révolution, ces simples cahiers me passionnent, moi, petit-fils d'un gentilhomme campagnard, d'un gentleman farmer, comme on dit maintenant.

De tels papiers dans les familles ont généralement le sort des sonnets d'Oronte; mais je les réunirai avec sollicitude et j'en ferai un livre : Comptes du grand-père (il sourit de ce naïf jeu de mots), et pour le faire lire à mes fils, je n'attendrai pas qu'ils aient vingt ans. Car un tel livre pour des jeunes gens est une perpétuelle leçon d'ordre et d'économie. J'ajouterai que, pour moi, il est d'une évocation intense. On y lit des choses comme celles-ci, et que j'ai retenues : « Le 15 octobre 1831, payé à Lardelier, perruquier, la somme de douze francs, pour laquelle il devra me coiffer et me raser, pendant toute l'année, quand je voudrai. »

Le « quand je voudrai » n'est-il pas touchant ?

Et quand je lis : « Le 12 septembre 1824, prêté à M. Fougeras la somme de cent quatre-vingts francs sur parole, étant tous deux seuls sur le pont. »

Alors, je revois ce Fougeras; c'était un gros homme qui, pour montrer qu'il avait reçu de l'instruction, avait la manie de faire des citations, et les faisait mal. En me prédisant que je viendrais à Paris et que j'y ferais fortune, il ne manquait jamais d'ajouter : *Sic igitur ad astra !* Mais il se fait tard, monsieur, je me lève de très bonne heure; il ne faut pas que je vous empêche d'aller vous coucher.

Nous réveillâmes Adhémar que le vieux vin de son cousin avait alourdi et qui s'était penché sur l'âme périgourdine jusqu'à tomber. Je remerciai M. de la Chastaigneraie de son aimable hospitalité... Je le louai fort de la vie saine qu'il avait choisie.

— Monsieur, lui dis-je, on a raison d'enseigner que les voyages forment la jeunesse et je me félicite d'avoir pu voir, autre part qu'à Paris, un Cadet de Gascogne.

VISITES

A Jacques Saint-Cère.

JACQUES DESRIEUX, 28 ans.
ALICE HARDAN, 25 ans.

Un petit rez-de-chaussée rue d'Aumale. Cabinet de toilette tendu d'étoffe gris-perle, semée de grandes fleurs roses. Meubles très anglais; amoureux désordre. Aux murs, en des cadres de claires laques, des eaux-fortes de Rops, des pointes sèches d'Helleu, têtes de femmes inquiétantes et extasiées. Odeurs d'iris et de verveine.

Mme HARDAN, *mince, brune, yeux très bleus, en une longue chemise blanche à col de Pierrot, se recoiffe devant la glace.* — Quelle heure est-il, mon chéri?

JACQUES DESRIEUX. — Cinq heures.

Mme HARDAN. — Ne me dis pas ça, c'est effrayant! Et moi qui avais rendez-vous avec maman à quatre heures et demie, chez Mme Lancien.

JACQUES. — Tu n'y seras pas, même en courant : ainsi, ce n'est pas la peine de te bousculer. Si tu n'y allais pas, chez Mme Lancien? si tu la séchais?

Mme HARDAN. — Impossible, c'est son jour; je devais déjà y aller lundi dernier, ça ferait deux lundis que je la sèche. Ah! ce que c'est assommant ces visites. Dis donc, Jacquot, il me manque une épingle, tu sais, une épingle à cheveux en écaille; cherche donc dans le lit.

JACQUES, *dans la chambre à côté.* — Je ne la trouve pas. Tu les sèmes tes épingles. Tu devrais bien les ôter en arrivant et les mettre dans un coin... c'est toutes les fois la même chose. Sais-tu où j'ai retrouvé ton cléopâtre l'autre jour? *(Il revient dans le cabinet de toilette.)*

Mme HARDAN. — Sais pas, moi... dans la théière?

JACQUES. — Non, dans le piano, dans le candide piano.

Mme HARDAN, *achevant de se coiffer.* — Dieu! que c'est ennuyeux de s'en aller, de se rhabiller, d'être toujours pressée. Ça serait pourtant si gentil, après qu'on s'est pris, de rester l'un près de l'autre, des heures entières, à s'aimer de cœur, rien que de cœur, sans faire de mal. Mais nous n'avons pas le temps, nous autres. *(Soupirant.)* Ce n'est pas un plaisir de femme honnête... Dis donc, chéri, cherche-moi donc mes bottines pendant que je mets mon corset, ça sera autant de gagné. — Oui, je t'assure qu'il y a des moments où j'envie les grues, les bonnes grues, qui ont tout leur temps à elles... En tout cas, elles n'ont pas de visites à faire.

JACQUES, *dans la chambre à côté.* — Tu crois ça, c'est ce qui te trompe; maintenant, il y en a qui ont leur jour.

Mme HARDAN. — Leur nuit, tu veux dire. Les trouves-tu?

JACQUES. — Je n'en trouve qu'une près de la cheminée; je ne peux pas mettre la main sur l'autre.

Mme HARDAN. — Tu sais bien qu'elles ne sont jamais ensemble? Cherche donc sous le petit fauteuil jaune...

JACQUES. — Voilà, voilà, je l'ai. *(Il revient triomphant avec les bottines.)*

Mme HARDAN. — Tu serais bien gentil de me les boutonner, parce que je ne peux pas me baisser.

JACQUES. — A cause de ton corset?

Mme HARDAN. — C'est toi qui l'as dit.

JACQUES, *aux pieds de Mme Hardan.* — Enfin, avec toutes ces visites, je ne t'ai plus, c'est désolant.

Mme HARDAN. — Ce n'est pas ma faute. Et encore j'en ai supprimé à cause de toi, autrement je n'aurais jamais pu y arriver. Sale mois de janvier! Mais l'année dernière, quand je ne te connaissais pas, sais-tu combien j'en avais?

JACQUES. — Je ne sais pas, moi... cinquante?

Mme HARDAN. — Enfant! Trois cent sept, tu entends, trois cent sept. Cette année, je les ai réduites à cent quatorze.

JACQUES, *fat.* — Sans me compter.

Mme HARDAN. — Et pourtant il n'y a que les visites que je te fais qui comptent, tu le sais bien, monstre. Dire que tout à l'heure je serai chez Mme Lancien, avec un tas de chères madames, des raseuses, des poseuses...

JACQUES. — Qui sont peut-être en train de se rhabiller, elles aussi?

Mme HARDAN. — Tu peux en être sûr, et ce sont celles-là les plus rosses pour les camarades.

JACQUES. — Que celle qui est sans péché te jette la première pierre.

Mme HARDAN. — C'est-à-dire qu'elles jettent autant de pierres qu'elles ont péché de fois... tu penses si on est lapidé! Aide-moi donc à passer ma robe. Fais attention de ne pas me décoiffer. Une idée, si tu venais me retrouver?

JACQUES. — Où ça?

Mme HARDAN. — Chez la mère Lancien.

JACQUES. — C'est dangereux... tu n'as pas peur qu'elle se doute?...

Mme HARDAN. — C'est une brave femme, et elle est trop sûre de moi pour avoir le moindre soupçon. Elle sait trop bien qui je suis, comment j'ai été élevée... Tu me chatouilles, veux-tu finir! C'est convenu, hein? on se retrouve chez cette bonne dame? Ce sera exquis, tu comprends, de se dire des banalités et de songer qu'il y a une heure encore... Oh! tiens, quand j'y pense... *(Elle embrasse Jacques câlinement.)*

JACQUES. — Si elle te voyait en ce moment, la bonne dame!

Mme HARDAN. — Elle n'aurait aucun doute sur la nature de nos relations. Mets-moi mes épingles de ceinture. Tu as bien regardé comment elles étaient?

VISITES

Dieu que c'est ennuyeux d'être toujours pressée.

JACQUES. — Oui, oui, les pointes du même côté à gauche.

Mme HARDAN. — Pas de blagues, tu sais, à cause de ma femme de chambre; c'est qu'elle remarquerait la moindre des choses en me déshabillant, cette sacrée Clotilde!

JACQUES, *mettant les épingles d'or.* — Aïe! je me suis piqué. Elle est maligne, alors, Cloto?

Mme HARDAN. — Bête comme ses pieds; mais, pour ces choses-là, tu sais, elles sont toujours roublardes. As-tu bientôt fini?

JACQUES. — Ça y est, sois tranquille, tes épingles sont bien comme elles étaient quand tu es arrivée.

Mme HARDAN, *se regardant dans la glace.* — Il n'y a que mes yeux qui ne sont pas tout à fait comme ils étaient. J'ai les yeux plutôt battus.

JACQUES. — Mais contents.

Mme HARDAN. — Enchantés, ravis. D'ailleurs, chaque fois que je sors d'ici, j'ai une tête de poitrinaire. Je ne sais pas comment mon mari ne s'en aperçoit pas. Les hommes sont si bêtes! Il est vrai qu'il ne me regarde même pas. Moi, je te verrais m'arriver avec des yeux comme ça, je serais fixée. Cinq heures vingt, nom d'un rat! Passe-moi mon boléro.

JACQUES *lui apporte le vêtement en question en esquissant un pas espagnol.* — Ollé! Ollé! veux-tu que je t'aide?

Mme HARDAN. — Oh! oui, parce que c'est si étroit. Qu'est-ce que tu fais, ce soir?

JACQUES. — J'irai dîner chez ma mère, et puis je rentrerai me coucher de bonne heure dans l'exquise odeur que ta chère petite tête laisse sur l'oreiller.

Mme HARDAN, *l'embrassant.* — Oh! mon pauvre chéri... Il l'aime donc bien, sa maîtresse? Vite, vite, renfonce-moi mes manches.

JACQUES. — Ah! oui, le coup des manches; ce n'est pas très commode, ces affaires-là.

Mme HARDAN. — Non, mais c'est vilain. Pourquoi ne vas-tu pas au théâtre?... Ça te distrairait.

JACQUES. — Quand tu n'es pas là, rien ne m'amuse. Décidément, l'homme n'est pas fait pour vivre seul, mais pour vivre deux.

Mme HARDAN, *soupirant.* — Et la femme?

JACQUES. — Pour vivre trois.

Mme HARDAN. — Tais-toi, même en plaisantant, je ne veux pas que tu dises des choses pareilles.

JACQUES. — Mais ce n'est pas pour toi, ma maîtresse adorée, que je les dis. *(Il l'embrasse.)* Veux-tu que j'envoie chercher une voiture pendant que tu mets ton chapeau?

Mme HARDAN. — Oh! non, c'est à deux pas, rue Moncey : il fait sec, j'irai à griffes.

JACQUES, *très sur l'œil.* — Qui est-ce qui t'a appris cette expression-là?

Mme HARDAN. — Mais c'est toi, mon trésor. Tout ce que je sais, c'est toi qui me l'as appris, tout, tout, tout. Allons, je me sauve; au revoir, à tout à l'heure.

JACQUES. — Laisse-moi t'embrasser au moins... le dernier baiser à travers la voilette. Tu n'oublies rien, ton manchon, ton parapluie, tes bracelets, ta boîte à poudre, tu as bien tout?

Mme HARDAN. — Oui, oui, ça va bien. Au revoir, à tout à l'heure. *(Elle sort, tel un coup de vent.)*

Dix minutes après, chez Mme Lancien. Appartement bourgeois au premier étage d'une

maison locative de la rue Moncey. Salon confortable, riche, navrant.

Le domestique *annonce.* — Mme Hardan.

Mme Hardan. — Bonjour, chère madame, comment allez-vous ?

Mme Lancien. — Bonjour, chère madame. Votre chère mère sort d'ici, il n'y a qu'un instant : cela m'étonne même que vous ne l'ayez pas rencontrée dans l'escalier. *(Présentant à une dame qui est là.)* Madame Hardan, madame Prunier. Oui, elle vous a attendue une heure ici.

Mme Hardan. — Ne m'en parlez pas, j'ai fait aujourd'hui seize visites et toutes chez des gens qui demeurent au quatrième ou au cinquième : c'est comme un fait exprès. J'ai cinquante-huit étages dans les jambes.

Mme Lancien. — En effet, vous êtes pâlotte et vous avez les yeux d'une personne tout à fait fatiguée. Ça vous va très bien d'ailleurs, ça vous donne l'air d'une femme très aimée.

Mme Hardan. — Vous êtes trop aimable, chère madame : mais j'aimerais mieux avoir l'air d'une femme délaissée. Je suis brisée, rompue, comme si l'on m'avait donné cent coups de bâton.

Mme Lancien. — Ça ne vous empêche pas d'être toujours élégante. Approchez-vous donc un peu que l'on vous voie ! A-t-elle un beau chapeau ! C'est très joli, cette toque plate en loutre avec deux touffes de cyclamens et le boléro en loutre sur le corsage clair ; c'est ravissant. *(A Mme Prunier.)* N'est-ce pas, madame ?

Mme Prunier. — Ravissant, c'est ce que j'étais en train de remarquer. Avec la jupe noire en moscovite, ça fait un ensemble délicieux... et c'est signé Raudnitz ? Laferrière ?

Mme Hardan. — Oh ! non, je ne vais pas dans ces maisons-là, ce n'est pas dans mes prix : c'est signé Palmyre, tout simplement.

Mme Prunier. — Je ne connais pas.

Mme Hardan. — En effet, madame, vous ne devez pas connaître : c'est une toute petite couturière très intelligente, très adroite, et comme j'ai une de mes

amies qui s'habille chez Doucet, j'envoie Palmyre chez elle prendre ses modèles... En somme, c'est comme si je m'habillais chez Doucet.

Mme Prunier. — Et vous ne donnez pas son adresse, naturellement.

Mme Hardan. — Oh ! à vous, madame, je la donnerais volontiers : Palmyre Hermance, 56, rue Rodier. C'est une toute petite couturière. Mais je vous en supplie, n'en dites rien à personne, parce qu'alors vous me la gâteriez. Vous savez comme elles sont toutes : sitôt qu'elles ont une clientèle, elles deviennent inabordables... Il vaut mieux qu'elles ne réussissent pas trop.

C'est une brave femme, très méritante et qui n'a jamais eu de chance; je m'intéresse beaucoup à elle, beaucoup.

Mme LANCIEN. — Vous êtes si bonne !

LE DOMESTIQUE *annonce.* — M. Jacques Desrieux.

(Mme Prunier profite de cette arrivée pour se sauver.)

JACQUES DESRIEUX, *à Mme Hardan.* — Bonjour, madame, comment allez-vous ?

Mme HARDAN. — Je ne sais même pas si je dois vous dire bonjour. Ah ! vous lâchez bien vos amis. Mon mari se plaint beaucoup de ne plus vous voir. Vous m'avez envoyé des fleurs magnifiques le 1er janvier, mais pourquoi n'êtes-vous pas venu ? Les fleurs, c'était bien; vous, c'eût été mieux.

Mme LANCIEN. — Voyons, chère madame, ne le grondez pas... les jeunes gens ne font pas de visites.

Mme HARDAN. — Il vous en fait à vous; je suis jalouse.

Mme LANCIEN. — C'est parce que je suis une vieille femme... il n'y a pas de quoi être jalouse. Il n'oserait pas ne pas m'en faire, et il n'oserait peut-être pas vous en faire, voilà la différence.

JACQUES. — Mme Lancien est un avocat fort sensé. Je dois dire aussi que j'ai été très occupé tous ces temps-ci.

Mme HARDAN. — Ah ! si vous travaillez, c'est différent. *(Petit silence.)*

JACQUES. — Etes-vous allée au théâtre ces temps derniers?

Etc., etc.

BALLADE VERS LE PRINCE DE MONACO

A Monte-Carlo, ce soir-là,
Ayant vu chambrer ma fortune,
Sur la terrasse, au clair de la
Toujours rafraîchissante lune,
Je me promenais; et voilà
Qu'un vieil homme horriblement pâle
Dont les yeux clairs semblaient d'opale,
Dont la voix grave était un râle,
Et tel le spectre de Banco,
Me dit, dans la nuit violette :
C'est le prince de Monaco
Le seul qui gagne à la roulette.

Un soir, j'étais alors croupier,
Une que l'on nommait Thérèse
Sous la table me fit du pied;
J'ai sept fois amené le treize
Pour elle, et l'on m'a mis à pied.
Or depuis, au joueur qui rôde
Autour des tapis d'émeraude
Du prince ennemi de la fraude,
Je dis : Tu paieras ton écot,
Tu perdras toute ta galette,
C'est le prince de Monaco
Le seul qui gagne à la roulette.

Car, naïfs sont les plus malins
Dès qu'ils sont entrés dans les salles ;
Arrose les numéros pleins,
Les douzaines, les transversales,
Ou, combien alors je te plains !
Les infaillibles martingales
Sur les chances dites égales.
La banque, hélas! en ses fringales
Ressemble à la brune Marco,
L'insatiable gigolette;
C'est le prince de Monaco
Le seul qui gagne à la roulette.

Les fétiches préconisés
Tels que trèfle à quadruple feuille,
Griffes de tigre, sous percés,
Ou la mandragore qu'on cueille
Sur la tombe des trépassés,
Ou le beryl ou la verveine
Ne conjureront ta déveine;
Toute puissance occulte est vaine,
Aurais-tu même un vrai chicot
D'Allan Kardec pour amulette;
C'est le prince de Monaco
Le seul qui gagne à la roulette.

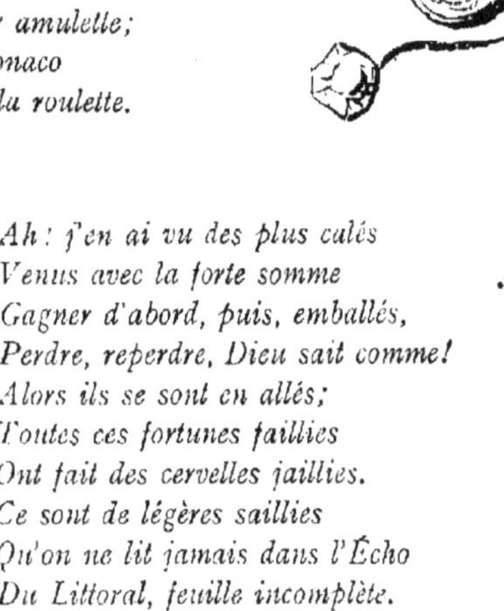

Ah: j'en ai vu des plus calés
Venus avec la forte somme
Gagner d'abord, puis, emballés,
Perdre, reperdre, Dieu sait comme!
Alors ils se sont en allés;
Toutes ces fortunes faillies
Ont fait des cervelles jaillies.
Ce sont de légères saillies
Qu'on ne lit jamais dans l'Écho
Du Littoral, feuille incomplète.
C'est le prince de Monaco
Le seul qui gagne à la roulette.

SOUVENIRS

On a vendu la collection du Chat-Noir, et se sont éparpillés aux *quatre vents des enchères publiques* les Pierrots de Willette, les guerriers de Caran d'Ache, les chats de Steinlen, les croquemorts de Rivière. Que sont devenus la *Vierge au Chat* et le *Parce, Domine*?

Je feuillette le catalogue et je revois tous ces dessins, toutes ces œuvres de fantaisie, de rêve, de gaieté qui ornaient les murs de l'Institut, de l'Oratoire, de la Salle des Gardes, de l'Escalier et de la salle des Fêtes, et je suis rempli d'une grande tristesse.

Et je dirai même que vos Navrances,
Catalogues,
N'ont d'égales que vos Désespérances,
Psychologues !

Je n'ai pas connu le Chat-Noir du boulevard Rochechouart; j'ai connu l'hôtellerie de la rue Victor-Massé. Émile Goudeau n'était plus là et déjà l'on disait :

« Ah ! si vous aviez connu l'ancien Chat-Noir ! » J'imagine que les poètes et les chansonniers, qui charment et réjouissent les cabarets artistiques de la Butte, doivent dire actuellement aux nouveaux venus : « Ah ! si vous aviez connu notre Chat-Noir ! » Car, même à Montmartre, c'est toujours le « Ah ! si vous aviez vu Rachel ! » des vieux abonnés de la Comédie-Française.

J'ai donc connu le Salis seconde manière et peut-être n'en eut-il jamais qu'une. D'ailleurs, il m'accueillit d'une très cordiale façon. Et quelle émotion lorsque je fus présenté à Alphonse Allais ! On m'avait dit que la première communion était le plus beau jour de la vie; j'ai bien compris, ce jour-là, qu'il y avait de douces heures dans l'existence. Alphonse Allais m'avait mis tout de suite à mon aise : à cette époque, il cachait déjà, sous des dehors britanniques, une personnalité bien française et sous de folles littératures une âme de spleen et de tendresse, *puisque c'était un auteur gai.*

Nous dînions sous l'apothéose des chats de Steinlen; il y avait quelquefois des invités. Un soir, Paul Verlaine vint s'asseoir à notre table; c'était la première fois que je le voyais et j'étais à côté de lui. Il mangea très peu, parla beaucoup. Il disait des choses comme celles-ci : « Ah ! nom tout de même de Dieu, quand ce garçon-là a débuté, il m'était sympathique foutrement. » C'est de l'empereur d'Allemagne, Guillaume II, qu'il parlait ainsi. Il me parla aussi d'Arthur Rimbaud, qui était parti vers des Égyptes, disait-il en élevant un index socratique. Pauvre Lelian, il était très gris, ce soir-là, et pendant qu'il me parlait, je me rappelais l'air que chante la reine d'Angleterre dans le *Songe d'une nuit d'été*, quand elle voit Shakespeare en état d'ivresse. Elle chante : « Le voir ainsi, mon âme en est brisée ! » C'est idiot.

Ambroise Thomas est mort et Verlaine et Salis et Tinchant, et Mac-Nab, et Adrien Dezamy et Jules Jouy. Et le Chat-Noir, comme une voie antique, est pavé de tombeaux.

Les soirs de répétitions générales, Jules Lemaître venait dîner avec nous et c'était une grande joie; il voulait être notre camarade avant d'être notre juge délicat et indulgent.

C'était le temps où Salis gagnait de l'argent; on le lui a reproché. Pourquoi ? Tous les soirs, la petite salle de spectacle était pleine, ah ! si pleine !

Salis considérait les spectateurs comme une courtisane considère le monsieur qui paye, c'est-à-dire qu'elle ne le considère pas, au sens populaire du mot. Elle accepte de l'argent, au besoin elle le provoque; mais au fond elle méprise le monsieur et elle le raille à mots couverts, si elle est spirituelle, et si elle ne l'est pas, l'insulte simplement, pour conserver son indépendance à ses propres yeux et aux yeux du monde. Avez-vous observé une grue dînant au restaurant avec le monsieur qui la paye? Elle arrive d'abord en

retard et si le pauvre homme hasarde une observation, elle le rembarre durement; elle demande ce qu'il y a de plus cher et ne trouve rien de bon, bâille derrière son éventail, démontre à la galerie qu'elle s'ennuie et que ça n'est pas pour son plaisir, ah ! non; fait de l'œil aux gigolos qui sont dans la salle. Si elle parle au malheureux, c'est pour lui dire des choses désagréables : « Tu es laid, tu es bête, tu es commun, mal habillé... » Quitte, en rentrant chez elle, et dans le tête-à-tête, à être plus aimable, et même au moment du règlement, à découvrir à l'homme une beauté. N'est-ce pas l'une d'elles qui avait persuadé à un corrupteur fameux qu'elle l'aimait parce qu'il avait de jolies chevilles ? Ne pouvant décemment le complimenter sur la qualité de son teint ou la pureté de ses traits, ou l'harmonie de son corps, elle avait été obligée de descendre aux chevilles ; mais elle se passionnait pour ce détail, et, grâce à ce stratagème génial, elle s'est fait pendant plusieurs années richement entretenir.

Ainsi faisait Salis : il flagornait le client séparément et, dans le particulier, lui découvrait des goûts artistiques; mais, quand il tenait les spectateurs réunis sous son boniment, tout en les appelant Vos Seigneuries et Vos Altesses électorales, il leur envoyait des brocards et des salades, soit qu'il se sentît épié par les camarades, et pour ne pas avoir l'air d'un entrepreneur de spectacles, soit qu'il méprisât réellement ce public.

C'est surtout le vendredi qui était le jour chic, et où le spectateur payait son fauteuil vingt francs, que Salis se montrait le plus habile pour la location, mais aussi le plus féroce dans ses discours; il avait alors la parade agressive; c'est le vendredi qu'il flétrissait la haute banque, le haut commerce et le parlementarisme.

Ce soir-là, il arrivait, l'air affairé, dans la petite pièce où l'on se tenait en attendant son tour de dire ses vers, ou sa chanson, et il disait : « Nous avons une belle chambrée ce soir ; nous avons ce vieux cocu de X..., cette fripouille de W..., l'ancien ministre, et la délicieuse Mme Z... qui a empoisonné ce pauvre K... »

Quand il se trouvait en face d'un important personnage, il lui faisait volontiers l'irrévérence ; pour toutes nos gloires il était pénétré d'irrespect.

Mais, qu'on ne s'y trompe pas, pour jouer ce rôle, il fallait des dons singuliers; d'abord une verve indéniable, de l'à-propos et de l'invention; son boniment se colorait d'archaïsmes et de néologismes d'argot et de citations lyriques ; il avait des trouvailles d'expressions, des chocs d'idées, des heurts de mots, des images bouffonnes; parfois, il eut du panache et de la grandiloquence. Il entrait témérairement dans une phrase; on disait : « Il n'en sortira pas », mais il en sortait toujours ou plutôt la traversait comme ces généraux du Premier Empire qui, tout seuls, à cheval, traversaient un bataillon ennemi.

Il avait surtout un aplomb formidable et il ne se démontait jamais. Un soir, nous causions sur le petit palier qui précédait la salle de spectacle. Un monsieur arrive, essoufflé d'avoir monté les escaliers un peu raides, un monsieur assez gros et de barbe blonde.

— C'est commencé? demande-t-il en enlevant son paletot.

— Son Altesse le Prince de Galles sans doute? interroge Salis.

Et comme le monsieur se rebiffait et semblait ne pas goûter la plaisanterie.

— Que Votre Seigneurie m'excuse, j'ai été trompé par une ressemblance vraiment singulière... C'est étonnant, monseigneur ce que vous ressemblez à notre gracieux Albert !

Et, se tournant vers moi :

— Tu ne trouves pas que monsieur, c'est le prince de Galles tout bavé ?

Il dit même un mot plus rabelaisien.

Entendons-nous : une telle anecdote n'est pas pour servir d'exemple aux jeunes gens trop timides; cela serait dépasser la mesure; mais, par mille traits de ce genre, Rodolphe Salis assurait sa fortune.

Un journaliste qui s'était occupé de mondanités, croyant sa mort prochaine, disait : « Je vais faire les échos du Père-La Chaise », et il plaisantait : « On portera cet automne des couronnes en perles. » Ou bien : « Pour la campagne, on tend les caveaux de famille avec des cretonnes très claires; la bière et la croix se font en pitchpin pour les tombes d'amis. »

Dans un autre ordre d'idées, on rapporte qu'un grand poète, déiste mais avec des réserves, murmura quelques instants avant sa mort : « Je vais pouvoir faire mes objections à Dieu. »

Salis, lui, a dû penser : « Je vais fumister le Diable. »

Je suis passé souvent, l'hiver dernier, dans la rue Victor-Massé. Hélas ! le cabaret fameux était redevenu un petit hôtel, bourgeois et locatif. Et je me rappelais un Chat-Noir, non pas bruyant et brillant, mais familial et tranquille, où j'avais goûté d'exquises camaraderies et des heures de repos. Oui, par des sombres jours d'hiver et de détresse

morale, quand ma chambre était triste et la rue noire de froid et de boue, je suis venu me réfugier là, dans la salle déserte ; sur la plus haute feuille du grand palmier, un chat dormait; un bon feu de coke grésillait dans la monumentale cheminée.

Je regardais la nuit tomber et le vitrail de Willette empruntait au crépuscule une gravité religieuse presque, et dans cette jeune femme, gracieuse enfant nue sacrifiée au Veau d'or, n'y avait-il pas un symbole éternel?

Et comme je regardais ces murs derrière lesquels il s'était passé quelque chose, un ancien habitué me tira par le bras et, de mes rêveries, me ramena dans les lieux communs :

— Voilà, me dit-il, le tremplin d'où quelques-uns d'entre vous ont sauté dans Paris, sur les boulevards ! Je suis heureux de vous serrer la main.

— Oui, lui ai-je répondu, nous avons sauté; mais Montmartre est en haut, le boulevard est en bas. Le poète Théodore de Banville, lui, connaissait un clown qui avait bondi dans les étoiles.

La
VRILLE
Comédie
en 1 acte

PERSONNAGES

PAUL | GOTTE

Un cabinet de travail dans une garçonnière, au rez-de-chaussée, rue Fortuny. Porte à gauche conduisant à la chambre à coucher. Porte donnant sur l'antichambre dont on peut apercevoir la porte d'entrée.

LA VRILLE

Au lever du rideau, Paul est en train de lire, assis devant une table couverte de livres et de papiers. Enfin on sonne : Il se lève précipitamment et va ouvrir.
Une femme entre, c'est Gotte.

PAUL. — C'est toi... enfin ! *(Il l'embrasse).*

GOTTE. — As-tu bien refermé la porte ?

PAUL. — Mais oui.

GOTTE. — A clé ?

PAUL. — A clé... deux tours.

GOTTE. — Et le verrou ?

PAUL. — Le verrou est mis.

GOTTE. — Et la chaîne ?

PAUL. — La chaîne aussi. *(Gotte s'assied ou plutôt tombe accablée dans une bergère.)*

GOTTE. — Ah ! mon Dieu ! que j'ai peur !

PAUL. — Voyons, veux-tu me dire ce qu'il y a ? Pourquoi cet affolé petit bleu que tu m'as envoyé ce matin ?

GOTTE. — Ah ! mon pauvre ami, j'ai une peur horrible d'avoir été suivie, en venant ici.

PAUL. — C'est absurde. *(Il l'embrasse.)*

GOTTE, *se dégageant.* — Non, non, prends garde, tiens-toi bien... J'ai peur... Ah ! mon Dieu ! que j'ai peur !... Où sommes-nous ici ?

PAUL. — Comment, où nous sommes ? Mais chez moi, chez toi, chez nous... chez ton amant qui t'adore. *(Il s'agenouille aux pieds de Gotte.)*

GOTTE. — Tu es sûr ?

PAUL, *d'un ton doux de reproche.* — Voyons, Gotte, voilà deux ans que tu y viens.

GOTTE. — C'est vrai... Je suis bouleversée, je suis folle, je suis certaine d'avoir été suivie en venant ici. Pourtant j'ai pris une voiture, je me suis fait conduire au Printemps; je suis entrée par la porte des gants et sortie par la porte des chapeaux... J'ai pris une autre voiture, je me suis fait conduire au Louvre, je suis entrée par la porte de la parfumerie et sortie par la porte des mouchoirs... Là, j'ai pris une autre voiture et je me suis fait conduire ici : je pense qu'il n'y a pas de danger.

PAUL. — Il est difficile que l'on t'ait suivie, et puis pourquoi?

GOTTE. — Mon cher, je crois que Gaston se doute de quelque chose.

PAUL. — Ton mari? mais pas du tout.

GOTTE. — Parfaitement... il se doute de quelque chose, ou alors, je ne sais pas, il faudrait qu'il soit... après la gaffe que tu as faite.

PAUL. — J'ai fait une gaffe, moi?

GOTTE. — Oui, toi, et qui peut compter.

PAUL. — Par exemple, je voudrais bien savoir laquelle?

GOTTE. — Tu as de l'aplomb! Avant-hier, pendant le dîner, quand Gaston t'a raconté l'histoire du cheval emporté par lequel il avait failli être écrasé.

PAUL. — Eh bien?

GOTTE. — Eh bien! tu lui as dit : « Oui, oui, je sais. » Or, tu le savais, parce que c'est moi qui te l'avais raconté.

PAUL. — Est-ce ma faute si ton mari a la manie de me raconter le soir les histoires que tu m'as racontées dans la journée?

GOTTE. — Il n'en sait rien, ce pauvre homme.

PAUL. — Parbleu, c'est ton mari, tu le défends. Encore, s'il racontait l'anecdote avec élégance; mais il cherche ses mots, il n'en finit pas... il est filandreux

GOTTE. — Je te défends...

PAUL, *très monté.* — Oui, filandreux... alors ça m'agace et l'autre soir, j'ai dit : — Oui, oui, je sais — parce qu'il y avait déjà un grand quart d'heure qu'il m'assommait avec cette histoire de cheval emporté qui n'avait d'ailleurs aucun intérêt, du moment qu'il n'avait que failli être écrasé. D'ailleurs, je me suis rattrapé puisque j'ai dit que c'était Bouchon qui m'avait raconté la chose.

GOTTE. — Tu appelles ça te rattraper?

PAUL, *content de lui.* — Mais ça n'était pas si bête et pas invraisemblable du tout.

GOTTE. — Évidemment, à cela près que Bouchon était censé être parti pour Blois depuis deux jours.

PAUL. — Je n'en savais rien.

GOTTE. — Mais si, tu sais bien que chaque fois qu'il doit voir Germaine, il annonce bruyamment qu'il part pour Blois... à cause de son mari.

PAUL. — Gustave n'est pas jaloux.

GOTTE. — C'est possible, mais il tique sur Bouchon. Alors comme, ce jour-là, Germaine avait justement dit qu'elle déjeunait avec moi chez Yvonne, Gustave est allé voir le mari d'Yvonne qui, naturellement, n'avait vu ni Germaine ni moi, et comme, de mon côté, j'avais dit à Gaston que je déjeunais avec Germaine chez Yvonne, ça a fait un tas d'histoires.

PAUL, *atterré.* — Ah !... Est-ce que je savais, moi !

GOTTE. — Est-ce que je savais !... Est-ce que je savais ! Il faut toujours faire très attention.

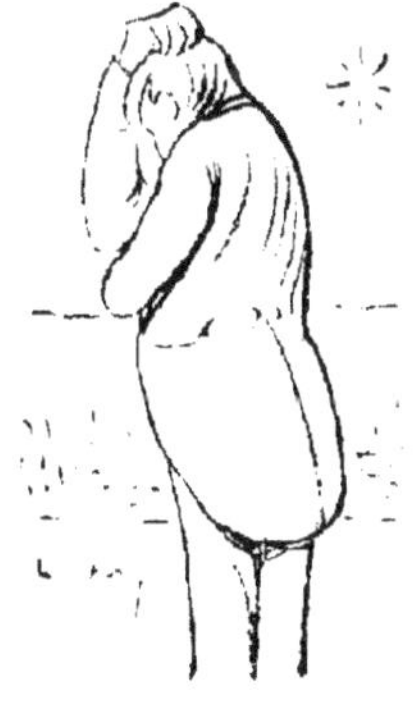

PAUL. — Que veux-tu? On ne pense pas toujours à tout. Si tu crois que c'est commode avec vous ! Il faut se rappeler un tas de combinaisons; je t'assure qu'il faut une mémoire et une présence d'esprit pas ordinaires.

GOTTE. — Tu peux bien en avoir pour nos affaires... c'est bien le moins.

PAUL. — Si ça n'était que pour nos

affaires, ça serait facile; mais il faut encore penser aux affaires de tes amies et des amies de tes amies, et ne pas les compromettre, elles ni leurs amants... C'est tout un monde à connaître et quel monde ! Toute la bourgeoisie... c'est effrayant !

GOTTE. — Nous avons besoin les unes des autres...

PAUL. — Sans doute; mais il m'est bien permis d'oublier l'heure exacte à laquelle Germaine et Bouchon... Enfin, comment ça s est-il arrangé ?

GOTTE. — Très bien : il a bien fallu que je trouve quelque chose, n'est-ce pas?

PAUL. — Je m'en rapporte à toi.

GOTTE. — J'ai dit que nous avions déjeuné ensemble, Germaine et moi, chez Colin, dans son atelier; mais que nous n'avions pas voulu le dire, parce que nous devions rencontrer là une ancienne amie de pension à nous qui a mal tourné, qui fait la fête...

PAUL, *avec admiration.* — Oh !

GOTTE. — Qui est la maîtresse de Colin...

PAUL. — Oh !

GOTTE. — Et que naturellement, nos maris ne voulant pas que nous voyions des *femmes comme ça*, ils auraient fait de la musique. Alors, tu entends, si Gaston t'interroge, tu lui diras bien que Colin a pour maîtresse une ancienne femme du monde qui s'appelle Suzanne de Barancy.

PAUL. — Elle n'existe pas, cette Suzanne?

GOTTE. — Tu es bête ! Bien sûr qu'elle n'existe pas; mais elle est brune, teinte au henné, elle a des yeux d'un violet foncé et un petit accent anglais.

PAUL. — Alors, pour ton mari, je la connais.

GOTTE. — Naturellement. A propos, n'oublie pas non plus que tu étais invité

l'autre jour à ce déjeuner chez Colin; mais tu n'y es pas venu.

PAUL. — Ah ! je ne suis pas venu ?

GOTTE, *brusque.* — Non.

PAUL. — Bien... il suffit d'être prévenu.

GOTTE. — Maintenant, il faut absolument que tu dînes ce soir à la maison.

PAUL. — Tu ne crois pas qu'avec toutes ces histoires, il vaudrait mieux que je reste quelque temps?...

GOTTE. — Ah ! oui, c'est une riche idée... Pour confirmer tous les soupçons, on ne peut pas trouver mieux. Il ne faut rien changer à nos habitudes, au contraire. Non, non, il faut que tu viennes. D'ailleurs, j'ai dit à Gaston que je t'avais écrit.

PAUL. — Alors, j'ai reçu une lettre où tu m'invites.

GOTTE, *impatientée.* — Oui ! pas de gaffe, surtout.

PAUL. — Sois tranquille. Comment l'appelles-tu déjà, la bonne femme?

GOTTE. — Quelle bonne femme?

PAUL. — La maîtresse de Colin.

GOTTE. — Suzanne de Barancy.

PAUL. — Ah ! oui... Suzanne de Barancy.

GOTTE. — Je suis sûre que tu vas encore...

PAUL. — Mais non, mais non : Suzanne de Barancy, amie de pension, noceuse, teinte au henné, léger accent anglais... reçu lettre de toi... Bouchon parti pour Blois. Ah ! mon Dieu, que c'est donc compliqué ! Ça me fait l'effet de la guerre de cent ans quand je préparais mon baccalauréat.

GOTTE. — Maintenant, dis-moi vite adieu, parce qu'il faut que j'aille chez ma vieille tante qui est malade... J'ai dit que je passerais la journée auprès d'elle.

PAUL. — Tu ne vas pas t'en aller comme ça?... C'est absurde : il n'y a au-

C'est peut-être un employé du Printemps.

cun danger. J'ai fait une gaffe, c'est vrai, mais tu l'as très habilement réparée et ça me paraît très bien comme ça, et si jamais ton mari a eu le moindre doute, à l'heure qu'il est, il est complètement rassuré.

GOTTE. — Non, non, il faut que j'aille chez ma vieille tante, Gaston n'aurait qu'à y aller. Il m'a regardée d'une si étrange façon, lorsque je lui ai dit au revoir.

PAUL. — Ça t'a semblé...

GOTTE. — Et pendant le déjeuner, il n'a cessé de me parler de ce drame de la rue de la Fidélité.

PAUL. — Quel drame?

GOTTE. — Tu n'as donc pas lu les journaux?

PAUL. — Pas encore.

GOTTE. — Eh bien ! voilà : c'est une femme mariée, Mme Dunouveau, qui avait un amant très jaloux.

PAUL. — C'est qu'il l'aimait.

GOTTE. — Et cette Mme Dunouveau avait dit à son amant que son mari la négligeait, que d'ailleurs il lui faisait horreur, qu'elle avait sa chambre à elle, et que jamais, jamais, tu entends bien...

PAUL. — Oui, enfin, ce que vous dites toutes en pareil cas...

GOTTE. — Dis donc...

PAUL. — Je ne parle pas pour toi... toi, je sais que c'est vrai !

GOTTE. — Laisse-moi te raconter... Avant-hier, l'amant est parti en voyage.

PAUL. — L'amant? Le mari?

GOTTE. — Non, non, je dis bien, l'amant... Attends, tu vas voir; l'amant part donc en voyage, ou du moins il fait semblant; il annonce qu'il sera probablement absent huit jours. Le lendemain il se présente rue de la Fidélité, à neuf heures du soir : il va sans le dire que l'amant était très bien reçu dans la maison, qu'il était devenu l'ami intime du

mari, qu'il pouvait venir à n'importe quelle heure. Bref, il arrive à neuf heures et la femme de chambre lui dit que monsieur et madame sont déjà couchés, et elle ajoute avec un clignement d'yeux : « comme de nouveaux mariés ».

PAUL. — Diable !

GOTTE. — Alors, furieux, il se précipite dans la chambre de Mme Dunouveau il la trouve à côté de son mari et pan ! pan ! il lui colle deux balles dans la tête. Qu'est-ce que tu dis de ça ?

PAUL. — Et toi ?... Et elle ?

GOTTE. — Elle n'a eu le temps de rien dire : elle est morte.

PAUL. — En somme, c'est un amant qui a surpris sa maîtresse en flagrant délit avec son mari. Et le mari, dans tout ça, qu'est-il devenu ?

GOTTE. — Il n'a rien eu : il en a été quitte pour la peur. L'autre lui a dit : « Mon cher, j'ai tué ta femme parce qu'elle nous trompait, car elle était ma maîtresse et m'avait juré qu'elle n'avait plus de relations avec toi. »

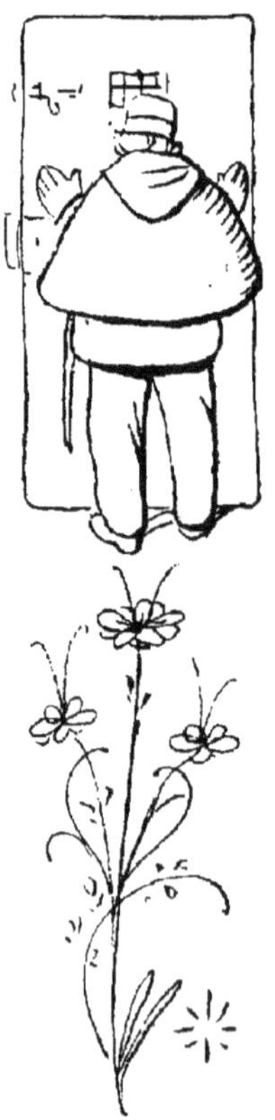

PAUL. — C'était un noble langage. Et alors ?...

GOTTE. — Les deux hommes se sont serré la main, et l'amant est allé se constituer prisonnier. Eh bien ! Gustave n'a cessé de me parler de cette histoire-là pendant tout le temps du déjeuner.

PAUL. — Ah ! que disait-il ?

GOTTE. — Il flétrissait Mme Dunouveau ; il exaltait la conduite de l'amant atteint dans son honneur et, à un moment, il m'a regardée fixement dans les yeux en disant : « Si seulement ça pouvait leur servir d'exemple, à toutes ces... » Je ne te répéterai pas le mot qu'il a prononcé.

PAUL. — Ça commençait par un *v* ?

GOTTE. — Non, par un *p*.

PAUL. — Péronnelles ?

GOTTE. — Non, ce n'est pas un nom comme ça.

PAUL. — Pimbêches?

GOTTE. — Non plus.

PAUL. — Ah! j'y suis... *(Rêveur.)* L'exemple! S'il croit que ce qui est arrivé à Mme Dunouveau empêchera une seule des dix mille femmes mariées qui, à Paris, entre cinq et sept, ôtent un corset quotidien... car, as-tu remarqué que c'est toujours entre cinq et sept?

GOTTE. — Oui, c'est pour ça que l'on dîne si tard dans les familles.

PAUL. — Et toi-même, toi qui es une sensitive et une pressentimentale, traqueuse au delà de toute expression, n'es-tu pas venue aujourd'hui même toute frissonnante d'émotion et glacée d'effroi?

GOTTE. — Oui, c'est étrange, et c'est pour moi une sorte de volupté douloureuse de venir ici avec le cœur qui bat à se rompre et la pensée du danger... Car, je te le répète, en disant ces mots : — Si ça pouvait leur servir d'exemple! Gaston m'a regardée d'une singulière façon.

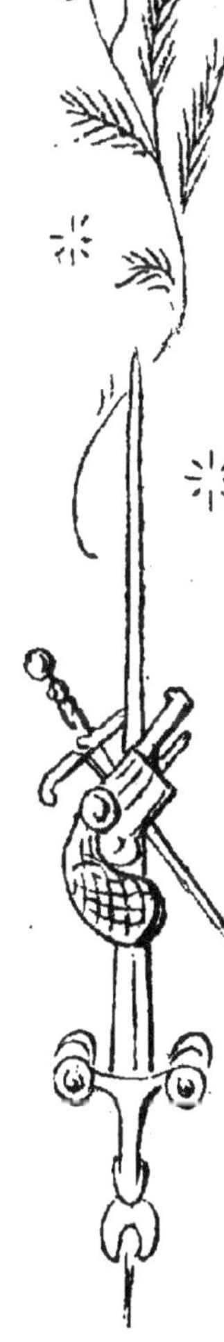

PAUL. — Ça te semble ainsi, parce que tu es coupable... et puis, je ne le crois pas bien dangereux, Gaston.

GOTTE. — Il ne faudrait pas s'y fier.

PAUL. — S'il savait, qu'est-ce qu'il ferait?

GOTTE. — Il me tuerait, mon trésor, mais ça ne fait rien.

PAUL, *ému*. — O Gotte, meine Gotte, c'est sublime ce que tu viens de dire là! Mais sois sans crainte, il n'y a pas de danger, et si ton mari voulait nous surprendre, il ne t'aurait pas parlé de ce drame pour t'alarmer et te mettre en défiance.

GOTTE. — C'est vrai.

PAUL. — Alors, ôte ton chapeau : tu as l'air d'être en visite. *(Il l'aide à enlever son chapeau.)*

GOTTE. — Tu as dû trouver un petit peigne en écaille que j'ai laissé ici l'autre jour.

PAUL. — Oui... je te le donnerai tout à l'heure.

GOTTE. — Où était-il? Je l'ai assez cherché.

PAUL. — Il était sous la bergère.

GOTTE. — Ah! oui, je me rappelle.

PAUL. — Maintenant, il faut être très gentille.

GOTTE. — Il faut d'abord que je sache si vous m'aimez.

PAUL. — Mais tu le sais bien.

GOTTE. — Alors, vous l'aimez bien, votre fée?

PAUL. — Je l'adore; quand je pense que tu ne m'as pas seulement dit bonjour?

GOTTE. — C'est vrai... j'avais si peur! *(Ils s'étreignent longuement.)*

PAUL. — Et maintenant?

GOTTE, *se serrant contre lui.* — J'ai moins peur. Dis donc, mon chéri, as-tu pensé à acheter ce que je t'ai dit... T'es-tu procuré une vrille?

PAUL. — Mais oui, ô Gotte! meine Gotte, j'en ai acheté une.

GOTTE. — C'est vrai? Montre-la, montre-la.

PAUL, *prenant une petite vrille, dans un tiroir de sa table.* — La voici : *(Il chante.)*

Mignonne, voici la vrille,
Le soleil revient d'exille.

Elle m'a coûté treize sous : tu vois, on peut mettre l'article en main : c'est curieux et bien fait.

GOTTE. — Tu n'es pas sérieux; mais ça n'est pas tout : maintenant il faut percer deux trous dans la porte d'entrée, afin que, si l'on sonne, nous puissions voir...

PAUL. — Sans être vus.

GOTTE. — J'allais te le dire. *(Ils vont dans l'antichambre et s'apprêtent à percer des trous dans la porte.)*

PAUL. — A quelle hauteur faut-il les percer?

GOTTE. — A la hauteur de ton œil! *(Elle chante.)*

Ma Jeanne a levé son verre,
A la hauteur de son œil.

PAUL, *perçant les trous.* — A la bonne heure! Toi, tu es gaie, tu es la dernière grisette, ou l'avant-dernière, parce que la dernière c'est moi. Tu as une âme de gigolette et c'est ce que j'aime en toi. Qui croirait, à t'entendre, que ton mari est dans l'instruction publique? Nul ne le croirait!... Ça y est! les trous sont percés.

GOTTE. — Chouette! Maintenant, va dehors pour voir que je voie si on voit. *(Paul va dehors.)*

PAUL, *de l'autre côté de la porte.* — Combien y a-t-il de doigts?

GOTTE. — Deux mille!

PAUL, *rentrant.* — Est-ce qu'on voit?

GOTTE. — Rien du tout... et pourtant je suis plus tranquille : je t'assure que je ne serais pas restée une seconde de plus, s'il n'y avait pas eu de trous dans la porte.

PAUL. — Je comprends ça.

GOTTE. — Pourquoi?

PAUL. — Je ne sais pas.

GOTTE. — Tu m'aimes?

PAUL, *à genoux devant elle.* — O ma chère petite Gotte, tu le sais bien que je t'adore. Tu compliques ma vie d'une façon tyrannique et charmante; je ne sais jamais le lendemain si je te retrouverai comme je t'ai quittée la veille; chaque fois que je te vois, c'est comme une première fois... j'ai à te reconquérir tout entière et lorsque je t'attends, à chaque voiture qui passe dans la rue, j'ai une émotion terrible, une émotion de joueur.

Depuis que je te connais, j'ai lâché mes parents et mes amis, car ton amour

est exclusif et despotique, et je mène une sage vie de famille dans ta famille ! Aussi bien, en même temps que tu m'as aimé, les tiens m'ont adopté, ton mari comme un jeune frère, tes enfants comme un oncle, tes parents comme un fils et, de mon côté, je suis à la disposition de tes parents, de tes enfants et de ton mari, car c'est notre sort, à nous autres amants, de nous tenir toujours à la disposition du mari, au théâtre, à dîner, au bridge et sur le terrain... à moins qu'ils désirent nous tuer, auquel cas ils tirent les premiers, encore qu'ils ne soient pas Anglais ni à Fontenoy. Et tu me demandes si je t'aime ! O ma chère petite Gotte, pourquoi donc ferais-je tout ça, si je ne t'aimais pas ?

(On sonne à la porte d'entrée.)

PAUL, *se relevant.* — Allons bon ! il n'y a pas moyen d'être tranquilles.

GOTTE. — Ah ! mon Dieu ! pourvu que ça ne soit pas mon mari !

PAUL. — Mais non, mais non... Attends, ne bouge pas.

(Ils restent sans mouvement, sans voix, et si pâles ! prêtant l'oreille, anxieux. On sonne à nouveau.)

GOTTE. — Entends-tu ? C'est un coup de sonnette impatient, autoritaire. Ah ! mon Dieu, que j'ai peur !... Sens-tu mon cœur comme il bat ?

(Coup de sonnette.)

PAUL. — C'est idiot, puisqu'on ne lui répond pas, il devrait bien comprendre qu'il n'y a personne ou qu'on ne veut pas lui ouvrir.

GOTTE, *soudain illuminée.* — Les trous ?

PAUL, *ahuri.* — Quoi, les trous ?

GOTTE. — Les trous que tu as percés dans la porte tout à l'heure, afin de voir...

PAUL. — Sans être vus. C'est vrai, au fait, je suis bête... je n'y pensais plus. Attends, ne bouge pas, j'y vais.

GOTTE. — Fais bien attention surtout.. Sois bien prudent.

PAUL. — Mais n'aie donc pas peur. *(Sur la pointe des pieds, Paul disparaît et revient deux minutes après.)*

GOTTE. — Eh bien?

PAUL. — Il est parti : c'était un de mes amis, Sapir, Alfred Sapir... je l'ai vu s'en aller.

GOTTE. — Tu vois que c'est précieux, ces trous.

PAUL. — Ils valent leur pesant d'or... le pesant d'un trou ! Ce qu'on arrive à dire, tout de même, quand on est troublé !

GOTTE. — C'est égal, c'est assommant un rez-de-chaussée : on est dans la rue, on n'est pas chez soi.

PAUL. — Oui, mais c'est humide ! Alors, on reprend d'où l'on en était... Qu'est-ce que je disais?

GOTTE. — Tu disais que je compliquais ta vie; mais crois-tu que la mienne soit simple? Elle est terriblement tourmentée au contraire. Outre l'hypocrisie, la ruse et le mensonge dont je suis obligée de me servir et qui sont choses basses et dont je souffre, j'ai des craintes, d'affreux doutes, lorsque je ne suis pas près de toi. Je me demande où tu es, ce que tu fais et bien souvent, au milieu de la nuit, je me réveille avec des visions atroces. Tandis que toi, tu es bien certain que je suis à la maison, auprès de mon mari. Ah ! si tu me trompais, vois-tu, ça serait lâche !

PAUL. — Mais pourquoi veux-tu que je te trompe? Je t'aime, tu le sais bien.

GOTTE. — Oui, je sais. Tu me dois bien ça, car tu ne t'imagines pas ce qu'une femme dans ma situation risque en faisant ce que je fais. Et puis ce sont des alertes de tous les instants : il y a certaines paroles, certains regards de Gaston qui me font pâlir, rougir, comme s'il me prenait sur le fait. Heureusement que je

ne perds pas la tête au milieu de tout ça, car il lui prend des accès de jalousie subits.

PAUL. — Pauvre chérie, à cause de moi?

GOTTE. — Non, jamais à cause de toi; ça c'est une justice à lui rendre. Il est toujours jaloux à faux et j'aime mieux ça : je me sens plus forte, étant dans mon droit. Ainsi, l'autre jour, il ne voulait pas croire que je fusse restée trois heures chez mon coiffeur, chez Léonard : il a voulu me faire jurer sur la tombe de ma mère... mais je n'ai rien voulu savoir. Alors, tu ne sais pas ce qu'il a fait? Il a téléphoné à Léonard : « Mme Plotter me prie de vous demander si elle n'a pas oublié tantôt chez vous sa quincaillerie? »

PAUL. — Ce n'était déjà pas si bête.

GOTTE. — Mais non, j'en étais moi-même surprise. Enfin, il a su que j'étais bien allée chez Léonard.

PAUL. — Mais, puisque c'était vrai, pourquoi n'as-tu pas voulu jurer?

GOTTE, *très digne.* — Sur la tombe de ma mère! Il y a certains serments qu'on ne profane pas à propos de Léonard. Et puis, du moment que c'était vrai, je n'avais pas besoin de jurer; il n'avait qu'à se renseigner. J'ai préféré garder ce serment-là pour le jour où nous en aurions besoin.

PAUL. — Oui, et alors il te croira pour cette piété filiale dont tu as fait preuve à propos de Léonard. C'est très fort.

GOTTE. — Il faut bien se défendre.

PAUL. — Je t'admire.

GOTTE. — Je ne t'ai pas raconté ça pour que tu m'admires, mais pour que tu te rendes compte que ma vie n'est qu'une perpétuelle angoisse. Vois-tu, l'homme qui nous a le mieux comprises, c'est le Dieu qui a dit : « Que celui qui est sans péché lui jette la première pierre. » Il avait deviné que la vie que nous menons n'est pas toujours rigolo.

PAUL. — Je doute qu'en prononçant ces paroles, il ait obéi à un sentiment de ce genre. Tu es dans un de tes jours de philosophie...

GOTTE. — Enfin ai-je raison? Et qu'as-tu à répondre à cela?

PAUL. — Je sais bien comment ça va finir.

GOTTE. — Tu ne sais rien du tout.

PAUL, *persuasif.* — Viens!

GOTTE, *très décidée.* — Certainement.

(Et l'enlaçant doucement, il l'entraîne vers la chambre, mais au moment d'en franchir le seuil, il entend un grand coup de sonnette.)

PAUL. — Ah! cette sonnette est agaçante comme celle d'un serpent.

GOTTE. — Va voir qui c'est.

(Il va regarder par les trous de la porte et revient tout pâle.)

PAUL. — C'est un gendarme.

GOTTE. — Un gendarme? Mais c'est effrayant ce que tu me dis là.

PAUL. — Oui, un gendarme.

GOTTE. — Comment faire? Tu ne te trompes pas?

PAUL. — Mais non, j'ai bien vu un uniforme.

GOTTE. — C'est peut-être un employé du Printemps.

PAUL. — Mais non, je n'ai rien acheté au Printemps.

GOTTE. — Un garçon de banque.

PAUL. — Mais non, c'est un gendarme : j'ai bien vu le pantalon bleu à bandes noires et la veste à boutons blancs... c'est un gendarme en petite tenue.

GOTTE. — En petite tenue... il sera peut-être moins méchant.

PAUL. — Peut-être.

(Coup de sonnette.)

GOTTE. — Ne bougeons pas, ne bougeons pas.

(On entend heurter une porte.)

PAUL. — Écoute donc. Voilà qu'on frappe à la porte de service maintenant.

GOTTE. — Ce n'est pas drôle du tout. *(On frappe plus fort.)*

PAUL. — Il faut absolument que j'aille voir ce que c'est.

GOTTE, — Paul, n'y va pas ! Je te défends d'y aller ! S'il te fait du mal, s'il te tue?..

PAUL. — Mais ce n'est pas un voleur... c'est un gendarme. Il le faut... il le faut... reste là.

GOTTE, *affolée.* — Paul, n'y va pas... je ne veux pas que tu y ailles. Si l'on t'arrête? Ah ! mon Dieu, c'est horrible ! *(Elle s'accroche à lui.)*

PAUL, *se dégageant.* — Mais laisse-moi, ma chérie, laisse-moi, c'est ridicule.

GOTTE. — Alors je veux aller avec toi.

PAUL. — C'est folie !

GOTTE. — Mais que puis-je faire?

PAUL. — *dramatique.* — Prier ! *(Il disparaît. Gotte se jette à genoux, quelques secondes se passent. Paul revient.)*

GOTTE. — Eh bien? Qu'était-ce?

PAUL. — Rien du tout : c'était pour mon livret.

GOTTE. — Quel livret?

PAUL. — Mon livret militaire.

GOTTE. — Mais je croyais que tu n'avais plus rien à faire?

PAUL. — On a toujours quelque chose à faire.

GOTTE. — Mais qui frappait à la porte de service?

PAUL. — C'était Mme Ravin, ma concierge : quand elle a vu ce gendarme, elle a été affolée, cette digne femme...

GOTTE. — Et que serait-il arrivé, si tu n'avais pas donné ton livret?

PAUL. — Je serais allé en prison.

GOTTE, *bêtifiant.* — En prison ! Oh ! mon pauvre rat... voyez-vous ce chien en prison, madame ! J'aurais mieux aimé mourir.

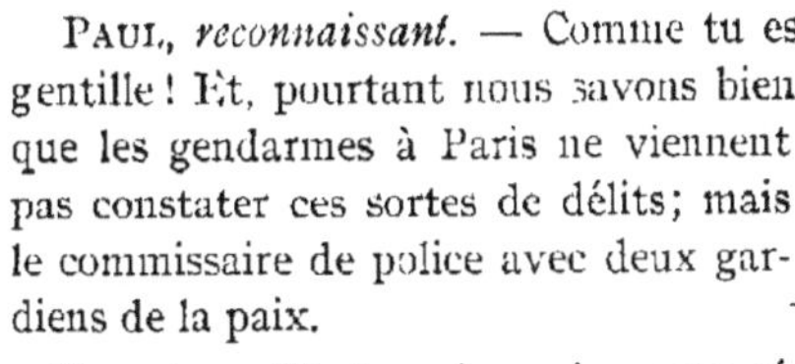

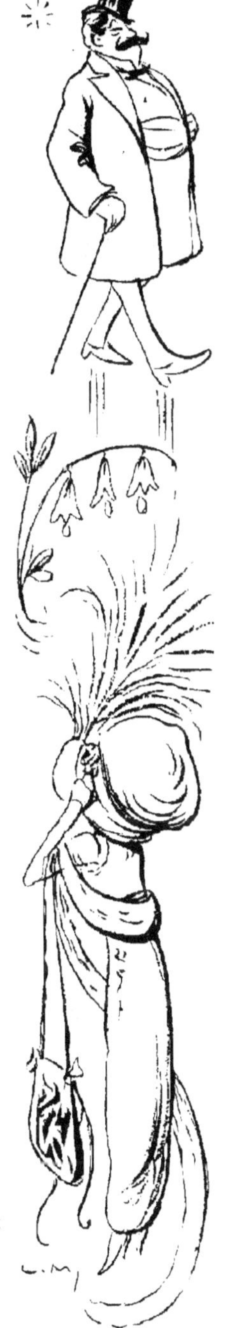

PAUL, *reconnaissant.* — Comme tu es gentille! Et, pourtant nous savons bien que les gendarmes à Paris ne viennent pas constater ces sortes de délits; mais le commissaire de police avec deux gardiens de la paix.

GOTTE. — C'est vrai, mais on ne réfléchit pas.

PAUL. — Tu ne m'en veux pas?

GOTTE. — Tu es fou? Je sais que ça n'est pas de ta faute.

PAUL. — Alors on reprend d'où l'on en était?

GOTTE. — Il vaut mieux recommencer. *(Ils disparaissent dans la chambre voisine; à peine y sont-ils entrés, que retentit un coup de sonnette.)*

PAUL, *ressortant furieux.* — Ah! ça commence à m'embêter.

GOTTE, *dans la chambre à côté.* — Moi aussi. Je sens que je vais avoir une attaque de nerfs.

PAUL, *dans l'antichambre et criant derrière la porte d'entrée.* — Je n'y suis pas, je n'y suis pas, je n'y suis pour personne. Est-ce clair?

UNE VOIX, *dehors.* — Ah! vous n'y êtes pas? Eh bien! on le dit.

PAUL. — C'est ce que je fais... je vous le crie depuis une heure... Bonsoir. *(Il revient dans le cabinet de travail et trouve Gotte en train de remettre son chapeau.)* Eh bien! qu'est-ce que tu fais?

GOTTE, *fraîche.* — Tu le vois bien.

PAUL, *stupide.* — Pourquoi remets-tu ton chapeau?

GOTTE. — Parce que je ne vais pas sortir en le tenant à la main.

PAUL. — Alors tu t'en vas?

GOTTE. — Oui.

PAUL. — Tu es fâchée?

GOTTE. — Je ne suis pas du tout fâchée... seulement j'en ai assez.

PAUL. — De quoi?

GOTTE. — Des rez-de-chaussée... Tu

comprends, c'est insupportable; on est dans la rue... on n'est pas chez soi.

PAUL, *voulant tout de même la faire au moins sourire.* — Oui, mais c'est humide.

GOTTE. — Ah ! mon cher, ne faites pas d'esprit, vous vous rendez odieux. En tout cas, si vous voulez me voir, ce ne sera pas ici.

PAUL. — C'est vous qui avez voulu un rez-de-chaussée... avant le concierge, pour qu'on ne vous voie pas entrer... J'ai déménagé à cause de vous, moi qui ai horreur des déménagements, et vous venez maintenant me le reprocher ! Vous n'êtes guère gentille.

GOTTE. — Je ne peux pourtant pas trouver que c'est charmant ! J'arrive ici, je me compromets, je risque le déshonneur, la mort peut-être, pour passer une heure auprès de vous, et c'est cette heure-là que vous choisissez pour donner rendez-vous à vos fournisseurs !

PAUL. — Mes fournisseurs ! Vous savez bien que c'était un gendarme... vous êtes de mauvaise foi.

GOTTE. — Peu importe ! quand on a vraiment le respect de la femme qu'on aime, on s'arrange pour lui éviter de semblables humiliations... on prévient son concierge.

PAUL. — Je ne savais pas que ce gendarme viendrait... et puis il fallait bien donner mon livret... Sans ça je serais allé en prison.

GOTTE. — Que voulez-vous que je vous dise? Quand on aime vraiment, on va en prison.

PAUL. — Il n'y a rien à répondre... Je n'insiste pas... j'espère que vous serez plus aimable et plus juste quand je vous reverrai.

GOTTE. — Ce ne sera pas demain, ni après-demain, je vous le jure.

PAUL. — Ah ! Gotte, vous me faites beaucoup de peine et vous êtes une très méchante fée.

GOTTE. — Vieille sorcière? Vous m'appelez vieille sorcière, maintenant?

PAUL. — Je n'ai pas dit ça... j'ai dit que vous étiez une méchante fée, c'est tout différent.

GOTTE. — Vieille sorcière... c'est trop fort. Adieu! *(Elle s'en va en coup de vent, claquant les portes.)*

PAUL, *resté seul.* — Charmant! Enfin, je vais probablement recevoir un petit bleu de réconciliation dans une heure. C'est toujours ainsi que ça finit... ou plutôt que ça recommence. « Mon cher amour, j'ai été injuste et méchante... etc. » En attendant, voici une après-midi entièrement perdue... tout à fait blanche... et j'ai négligé pour ça des affaires très importantes. *(Il ouvre un livre et lit :)*

André avait enfin le calme dont un artiste a tant besoin : il pouvait travailler depuis qu'il avait une liaison avec une femme du monde.

Ah! ces psychologues! Ils en ont de joyeuses.

RIDEAU.

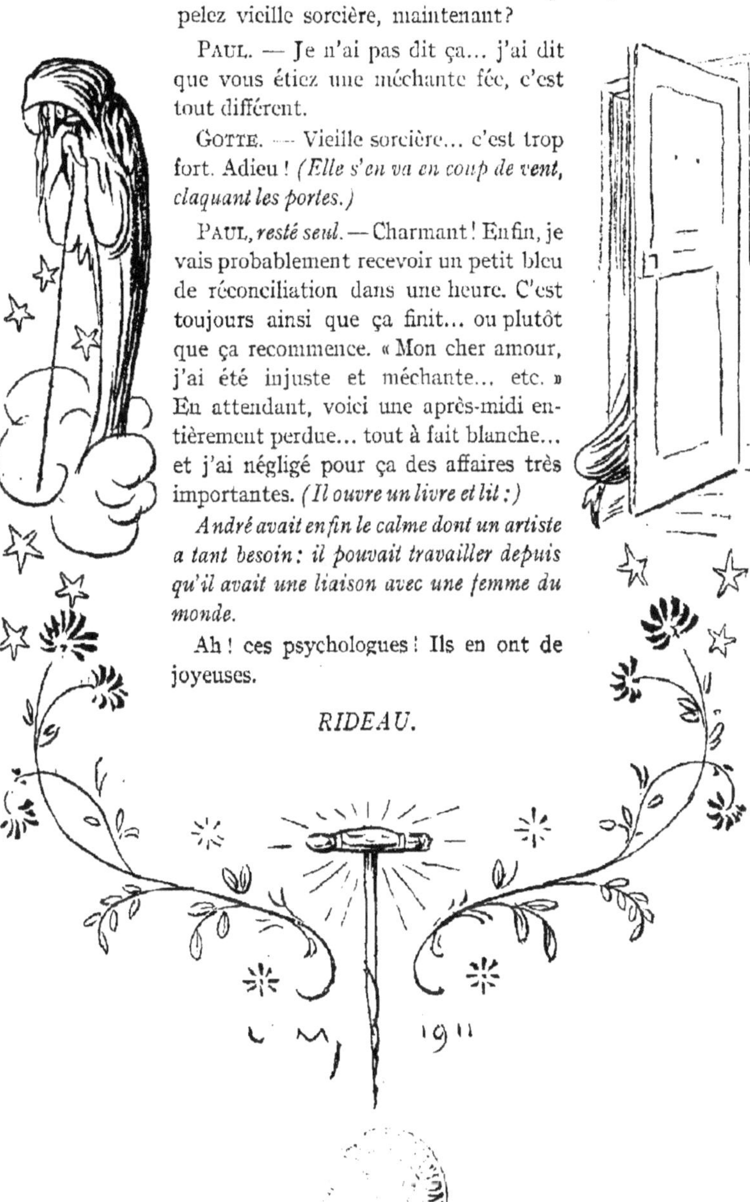

TABLE

PARIS. — IMP. PAUL DUPONT (CL.)

www.ingramcontent.com/pod-product-compliance
Lightning Source LLC
LaVergne TN
LVHW012018220826
846092LV00001B/399
9782329773001